野菩薩

黎紫書
LI ZI-SHU

序／

黎紫書的危疑書寫
——從語言事件到心理事件

溫任平

突然開燈原來我站著一角的暗室
另三個角還有三個人站著

——鄭愁予

1

說些往事吧。二〇〇一年星洲日報派來一項差使，囑咐我負責第六屆花蹤文學獎散文決審，我因而有緣讀到兩篇頗為出色的文章，一篇寫從事語文翻譯因而勾起的文化困惑，一篇寫夢中飛翔。其他兩位評審，《明報》總編輯潘耀明與前《蕉風》月刊主編姚拓（已故）對上述作品頗有微詞，談翻譯體驗不免炫耀自己對兩種語文的駕馭能力，理勝於辭；夢話純屬無中生有，空洞荒謬，以至於顛三倒四，我未能認同潘姚的看法，竊以為對翻譯所引起的心理焦慮恰恰反映兩種文化溝通之難與語碼轉換引起的諸多問題；至於夢話，輒能擺脫日常生活的邏輯框框，供作者發揮其天馬行空的想像。情節可以偏離、誇張、錯位、混沌，仍不失其微言大義。由於我多次發言為兩篇作品辯護，終於說服姚、潘兩位先生，兩篇作品均入選該屆佳作獎。成績揭曉後，我才獲悉寫語文翻譯者是鄭秋霞，寫夢的人是黎紫書。

十年後我因病住院九日，腰部動了手術，出院後神思恍惚，暈眩終日，不知有漢，無論魏晉。四月接到黎紫書的北京來電，要我為她即將出版的《野菩薩》寫序。我要求紫書給我三個月的時間休養生息，等精神略佳才勉力動筆寫點讀書心得。我告訴紫書我對她妄言譫語式的夢話印象特別深，大概仍會從精神分析的視角去探究她的小說底蘊。

紫書很快便寄來《野菩薩》的打字稿，並且來電確認，那時我剛流覽了部分文稿，忍不住對她說「你的小說有點麻煩。即便小說有虛構的自由，但小說的驚悖情節令人難免聯想那會否是作者本身童年或青少年的不快記憶與創痛經驗。用夢的偽裝，仍難釋讀者心中之疑」。紫書在電話中對我的印象式批評不置一詞，反而連連說知道我真的開始閱讀感到很高興。

佛洛依德在其著作《夢的解析》開宗明義的第一句話：夢是一個謎（rebus）。謎語得去猜，去揣測，讀者／評論者得尋找小說裡埋伏著的符號暗樁、心理糾結與象喻地雷和這些因素結合起來的總體意義。夢是「願望的達成」（wish fulfillment），妄念、幻想、白日夢何嘗不是？但那僅是「次級的營造」，潛意識的發掘才找得到更深刻的東西。潛意識裡的憂鬱、怨悔、傷痛、恐懼通過夢境而再現。拉崗援引雅柯布森（Roman Jakobson）的說法，認為「換喻」（metonomy）是欲望運作，而隱喻系統體現的是人的精神官能症諸般癥候（neurotic symtoms）。這見解令人悚然頓悟：一部藝術史，究其實是一部病理學史。從曹雪芹到梵谷，從莫札特到顧城，病歷斑斑可考，黎紫書是象喻、換喻的能手，「病情」可謂非輕。魯迅自承「我的確時時解剖別人，然而更多的是更無情地解剖我自己」。他明白《阿Q正傳》裡未莊的假洋鬼子，趙太爺，阿Q正是他自己三合一的綜合體。

黎的短篇很多時候像散文，但prosaic在這兒不是貶詞。自《太平廣記》一類、唐宋以降篇什浩繁的傳奇話本，散文與小說的畛域模糊難辨。《野菩薩》收錄的〈假如這是你說的老馮〉便介於散文與小說的灰色地帶，這使我聯想起臺灣的七等生，他與紫書相似，都是以夢為馬的小說家，他們兩人都了解散文的優異性與陳述的策略性：把語言事件發展成心理事件，皆深諳「假面裝扮」（masquerade）的技藝。七等生筆觸彷似英式中文，間離化效果加強了小說的內在張力與戲劇性；黎紫書工筆濃彩，擅長蔓衍、暈染，營造危疑不安的風格，功力與前者不遑多讓。七等生的主題閎大，兼及人類的生存本質與價值抉擇，而黎紫書的短篇小說選除了〈國北邊陲〉用寫實魔幻之筆抒寫國族寓言，〈七月食遺〉以卡夫卡式的變形描繪怪獸「希斯德里」（歷史，history的英文諧音），情節荒誕，手法極盡其諧謔諷刺之能事，其他篇章都屬於「小敘事」。麻雀雖小，五臟俱全，「小」在這兒並無貶意。

而所謂寫實魔幻不一定是叢林潛行，與蛇蟲鼠蟻為伍，鳥嘶獸嗥可能引起的現實與幻想交織。老太陽底下，城鎮的街道也可以提供寫實魔幻，抑且幻覺與逆幻覺（reverse hallucination）同時發生的場所。幻覺是看見不存在的東西，逆幻覺是看不見存在的東西。且讀〈國北邊陲〉的開首數行：

> 他是這樣穿過小鎮的。你看見他瘦小佝僂的身影，從陽光的斜睨中出現。……那人拎著乾乾癟癟一個旅行袋，徐徐橫過車子行人不怎麼多的大街。……分明那人步履蹣跚，而且沿著街店的五腳基踽踽行走，一度向你迎面而來，但你一個轉身便記不起他的面目。就像忘記你死去的父親一樣，你的記憶再無畫面，只有氣味、聲音

和質感。那人是誰，你的嗅覺回答你以死亡的味道，有草葉腐壞的氣息，胃癌病人嘔吐的酸餿之氣，還有迅速灌入肺中，那郁烈而矯情的濃香。

新年過後，這鎮滿地殘紅。你回過頭追溯，那人影已經消失，一街鞭炮紙屑依然靜態。大白天，彷彿瞬間，一個人融解在逐漸模糊的光譜中。

〈國北邊陲〉的人物，是個泛稱的「你」，拿著父親的遺書，尋找能治神經衰弱的龍舌莧，只要用莧根五錢，「配蘿芙木、豬屎豆煎煮，老鱉為引。……可解我陳家絕嗣之疾」，作者這篇尋根之作，寫「你」攀山越河，終於來到國北小鎮，向山中的原住民問訊。土著開始以為「你」尋找的是東卡亞里。Tongkat Ali是馬來人用來壯陽的植株，連「鎮上的中醫師也像馬來巫醫一樣，崇拜它的藥效」，這是反諷。「你」為了尋覓龍舌莧和打聽哥哥的下落，最後抑且引起山地人的懷疑敵視，才醒悟「為了追尋祖輩在叢林某處的寶藏，……挖掘越深，越看清楚那裡面只有深陷的空洞和虛幻」。小說前面出現「……記不起父親那彩繪著各式南洋符咒和叢林蠱惑的容貌」的超載句，過早洩漏了（pre-empty）作者要表達的意旨。

黎筆下的父親形象齷齪不堪，嗜賭好色，衰萎病弱，嘔吐連連，小便起泡，惡臭逼人。主軸作〈野菩薩〉的女主角阿蠻的爸爸是個工頭，為人正直，搞過罷工，可能是這部短篇小說集唯一正面的父親，其他父親都很爛。拉崗曾以佛洛依德的個案le petit Hans為例，把父親的功能做了頗為有趣的闡述，父親可以是名字的、象徵的、想像的和真實的，形成Borromeen群島似的四個環節。名字的父親，可以發出各種禁制命令，他有陽具，母親是他的妻子。真實的父親謹慎講理，愛護子女。〈野菩薩〉裡的父親出場不多，但應該是個一般意義的好父親。〈野菩薩〉取景怡保舊街場，蘇菲亞電髮院筆者亦曾路過，真實感躍然紙上，小說寫的是幾個殘缺的人、殘缺的愛情故事。小說在危疑懸宕的氣氛下寫得委婉，阿鑾所受的委屈令人掩卷。只是〈野菩薩〉被選為篇名、書名不免突兀。「菩薩」是「菩提薩埵」的簡稱，意思是覺有情，有情即有情眾生，覺是覺悟。是篇小說的背景：九皇爺、玄天宮、神料店、金銀衣紙、輦轎乩童，道教色彩遠比佛教色彩濃烈。篇中畸戀，有情而無明，這是為野菩薩下的註腳還是諷刺？另一篇〈疾〉，據中醫的說法，身不平、形不平，謂之「疾」；心不平，謂之「病」，作者捨近義並列複詞的「疾病」，選擇僅及膚表的「疾」，題目如此閹割，我看是撫不平心病的；心病還需心藥醫。

篇名、書名正如封面設計、評語、引言、文宣、廣告都是「側文本」（paratex），〈生活的全盤設計〉多處引錄顧城的詩也是側文本。我們如果就此推論小說女主角于小榆喜讀因憂鬱症而發狂殺妻自殺的顧城，便判斷小榆有神經病，未免偏頗。小榆曾任律師助理，有法律知識，她被售賣彩票的男孩刁難羞辱，曾撥電消費人協會，協會要她通知總公司，總公司要她直接向當地彩票中心投訴，然後是電話錄音與破爛的電話音樂。小楡求助無門，失控殺了男孩，然後報警自首。她奉公守法，依循社會制度的文明程序就不合理的對待提出抗爭，卻得不到制度的任何援助，難怪小楡會拒絕精神病鑑定，冷然面對判決。顧城的詩，呢喃如咒，是另一種寫實魔幻。

這篇小說的現實批判意味，讀者不難理解。我想到的是真實人生裡的千萬種瘋狂。〈盧雅的意志世界〉露體狂出現，稚齡盧雅與妹妹面對性騷擾，高聲呼救，竟無人施予援手，包括住在她對面的老師都在做壁上觀，愛看熱鬧的鄰居出奇的冷漠。盧雅在各種流言蜚語的重重包圍下，堅韌不屈，終於脫穎而出，長大成人。短篇〈疾〉寫曖昧的父女關係，滿紙箴言（可圈點的句子特別多），都是「你中有我，我中有你」的延伸衍義。〈假如這是你說的老馮〉在火車上與人搭訕、嘮叨追述當年勇，與現實脫節的老人都是老馮，他們如果不是老人痴呆，便是偏執型精神病患（obsessional neurosis）。〈此時此地〉以迷宮式抒寫，頻頻轉換視角，寫何生亮、雲英、Winnie的內心糾葛猜疑，帶出來的瘋狂是選擇性失憶，妄想狂與不同程度的「面孔失認症」（prospagnosia）。半夜打電話去瑪麗亞援助中心的Winnie，向何生亮敘述自己婚姻的不幸、感情的挫折，時笑時哭，時而唱歌，這個在夜店工作的女人精神瀕於分裂，行徑近乎「神經衰弱叫賣者」

（neurosis peddler）。

〈無雨的鄉鎮・獨腳戲〉的旅人到處嫖妓，在不自覺的情況殺了一個又一個的妓女。這個連環殺手不斷流浪，不斷打聽他父親的消息。旅人之父也是個流浪漢，去到哪裡嫖到哪裡，父子行徑相同，是自我魅影的投射：

> 我們其實在互相逃避卻又不甘心地斷斷續續留下線索讓對方去發現；發現這一刻的我和他的存在。

正如愁予詩中的暗室，我立於一角，燈光乍亮，另三個角落站著的可能是原我、自我、超我。拉崗嘗謂something in you is more than you，阿蠻的妹妹（未被作者命名），是阿蠻的另一個自我，旅人必欲在小說中殺之而在現實中原諒之的父親可能是旅人的原我。而安娜是Winnie的化身。

3

到處為家的旅人竟是Jack the Reaper那樣的妓女殺手，由於殺手並不知道自己在殺人那才可怕。〈此時此地〉的虛虛實實，似實又虛，懸宕感十足，使我想起王家衛的電影那晃動不已的影像語言。

留到最後部分才討論的〈我們一起看飯島愛〉，女主角素珠，年約四十，與死去的男人生下西門，素珠當年差點掐死這男嬰。素珠的工作是替報章寫色情小說連載。她在電腦網路用二十歲少女的身分以烏鴉之名與網友負離子聊天，繼而談心事談性事，後來還在網路上虛擬性交，情到濃時還衝口說了句「我愛你」。素珠與兒子西門關係極其疏離，連男人死了母子送殯也在行列兩端。一些蛛絲馬跡突然讓素珠發現與她在網路上纏綿的負離子竟是她的兒子，西門！母子倆在虛擬世界逾越倫常的親暱，與在真實世界異乎尋常的隔膜，瘋狂的情節令人震驚。彈指甲的動作，我猜想是在按鍵盤或溜滑鼠。黎紫書的危疑書寫，終究會讓她試探幽冥界或貝克特（Samuel Backett）的「無以名狀的事物」（The Unnamable）。

我無意擺出某種道德姿態評議《野菩薩》諸篇，析論完全沒有參照文本的前世：紫書已出版的長短篇。四千字的篇幅亦不允許我造次。以上所論有可能是筆者的誤讀或逾讀，Umberto Eco與卡勒都同意過度詮釋對文本的了解不無裨助，我就用這句話替自己遮風擋雨。性幻想是黎紫書的寫作驅力，無限衍義（unlimited semiosis）是夢的權利，甚至只有「能指」（signifiers）而無「所指」（signified）的語言片段也可能蘊涵深意。

對精神官能症的病患，顧誠的詩「**前邊有光／前邊是沒有的**」提到光，令人不期然地想起籠罩著妓女殺手的四月烈陽，那太悲觀了吧。波赫士（Borges）說：「人可以和他的遭遇混為一談，從長遠來看，人就是他的處境。」素珠、雲英、老馮、西門、Winnie、何生亮、于小榆、尋覓龍舌莧的男子，都把自己與際遇等同化、一體化，帶著宿命的色彩。我反而更欣賞盧雅身處逆境的「出污泥而不染」（陳腔爛調），用哲學家海德格（Heidegger）的說法，真實的存有，是一種拋擲的狀態，不斷使存有於既有的樣態拋擲出來，像阿蠻在小說結尾那樣「迎著風疾行而去」。烈火升青焰，冷水為增冰。

是為序。

二〇一一年五月六日

溫任平，曾任天狼星詩社社長，馬來西亞寫作人協會研究主任，馬來西亞華人文化協會語文文學組主任，推廣現代文學運動甚力。著有詩集《無弦琴》、《流放是一種傷》、《眾生的神》、《傘形地帶》、《戴著帽子思想》，散文集《風雨飄搖的路》、《黃皮膚的月亮》，評論集《人間煙火》、《精緻的鼎》、《文學觀察》、《文學‧教育‧文化》、《文化人的心事》、《靜中聽雷》。《大馬詩選》主編、《馬華當代文學選》總編纂。二〇一〇年十月獲頒第六屆馬來西亞華人文化獎。

目次

・野
・菩
・薩

國北邊陲

你摀著胸口，隨即回身。彷佛他也曾經回頭，也在一剎那嗅到了龍舌莧妖冶血污的腥氣。你們的目光穿透彼此，熟悉，但說不出來對方的名字。那人似無所覺，繼續走他沒有前方的路。那背影在正午的光紋裡蕩漾，不過瞬間，便已融入。

他是這樣穿過小鎮的。你看見他瘦小佝僂的身影，從陽光的斜睨中出現。彼時燒了一個元月的豔陽，容光開始黯淡，那人拎著乾乾癟癟一個旅行袋，徐徐橫過車子行人不怎麼多的大街。是這樣的，你看著他從這小鎮的側面走來，進入鎮的腹地。

分明那人步履蹣跚，而且沿著街店的五腳基踽踽行走，一度向你迎面而來，但你一個轉身便記不起他的面目。就像忘記你死去的父親一樣，你的記憶再無畫面，只有氣味、聲音和質感。那人是誰，你的嗅覺回答你以死亡的味道，有草葉腐壞的氣息，胃癌病人嘔吐的酸餿之氣，還有迅速灌入肺中，那鬱烈而矯情的濃香。

新年過後，這鎮滿地殘紅。你回過頭追溯，那人影已經消失，一街鞭炮紙屑依然靜態。大白天，彷彿瞬間，一個人融解在逐漸模糊的光譜中。

•••

你父親舉殯那天，你穿著黑衣，端坐在母親膝上。母親，她的懷中枕著小妹，襁褓裡飄來薰人的乳香。那馥郁的芬芳讓人懷念，像母親的針線，它穿透了眼前重重疊疊的黑白帷幕。你被人們抱過去，高高舉在許多胳膊和人頭之上。你看你看你父親的遺容。那臉你也許沒看見，卻記得當時的驚恐。如今你抬頭看見童年的自己奮力扭身蹭腳，兩隻小手摀著眼睛，和那發青的臉、顫抖的唇。

在城中你連夜惡夢，老是在漆黑的太平間解剖一具沒有五官的屍體。他是誰，摸上去是男性皮膚粗糙的觸感，毛孔賁張，胯間的陽具少了兩顆睪丸。手術刀刺破胸膛，霍然一顆血淋淋的心臟從破口彈出，掉入你的懷裡，兀自撲通撲通作響。

要不是這夢如水母般吮貼和糾纏，你便不會回到這小鎮。你攜了一皮包鎮定劑與安眠藥，回來找尋那傳說中可以醫治偏頭痛和止夜夢的草藥。父親留下的筆記本裡這麼寫「莖直立，枝有翅狀銳棱，葉互生，長倒卵形；透奇腥，莖葉有劇毒，根部性能寧神定驚，主治頭痛頑疾、遺尿、癲癇、神經衰弱，奇效顯著，僅見於西郊某山谷」。

那山谷，你是到過的。在這偏遠的北方小鎮，西邊長城似的列開一疊山巒。小時候父親曾經帶你攀山涉水，深入那些陰森的沼澤和叢林。印象中彷彿真有過那麼一個山谷，只要越過無力的虎嘯和雨蛙家族們潮濕的口訊，向西渡過密密麻麻綿延開來的野茅草，自有嗅覺告訴你，那神草的所在。

頭痛症引發的失眠持續了七夜，你打開裝滿父親遺物的箱子。沒有鑰匙的鎖頭得用三角銼撬開，萬萬沒料到會先看見一面鏡子。你枯槁的容顏在鏡裡顫抖，眼眶與臉頰深深凹陷，淺淺浮一抹死亡和飢渴的顏色，屍灰與青蒼；鬆弛的臉皮下垂，哀悼著二十九歲早逝的青春。你擠弄那腫脹的眼臉，淚腺湧出一行無感但滾燙的眼淚。

筆記本的末頁夾一紙張，有古老的墨跡，行書體，寫「三十之前需得龍舌莧根部鮮品五錢，配蘿芙木、豬屎豆煎煮，老鱉為引。據說腥臭難嚥，唯可解我陳家絕嗣之疾」。據說是曾祖父手跡，背後另有父親的鋼筆書寫：「一九八九年西郊四十里，曾聞龍舌吐腥。」你徹夜翻閱這冊子，前面大半冊記載的是伯父死前三十六日的症狀，後面轉為父親個人私密的札記。

童年時你就聽聞了這家族傳說，雖則大人們諱莫如深，你仍然可以從他們的眼中看出端倪。那些泛著潾光的眼睛，充滿了智者的悲憫與愛憐。大家都洞悉了你深邃的命運，他們用送葬者常有的眼神，目送你步入命中的黑洞。這冗長的喪禮歷時三十載，「凡我陳家子孫，須窮一生尋覓龍舌神草。」

帶著箱子裡的筆記本、書信與文件，你孤身回到鎮裡。動身當天，小妹抱著初生的孩兒前來送行，你看見她在月臺上揮手，想像當年棺中的父親，如何凝視前來瞻仰與拈香的人群。但其實父親的形象已經稀薄，像霧中一襲幻影。你記得的是他的聲音與氣味，那些年頭他在鋪中翻掀《本草綱目》，低沉的聲音啞啞吟讀書上的文字。幼年的你像獼猴一樣伏在他寬厚的肩上，嗅著攤於膝上的書本飄來各種藥草青澀的香氣。車前、虎耳、七星針、百花蛇舌……你可以透過名字感知它們的氣質和生態。

伯父病發那段日子，你第一次聽聞龍舌莧的名字。大人們合力把伯父鎖進老厝宅尾端的雜物房內，你總在夜裡聽到屋子深處傳來牲畜的哀嚎。由是你害怕鑽出被窩獨自摸黑到天井解手。你在那些夜裡初嘗失眠之苦，猶且忍受著膀胱滿滿的漲痛，蜷縮在父母溫暖而汗濕的軀體之間，連連哆嗦。心理醫生說，這段回憶是造成你日後失禁的原因。你知道唯有穿過時光，勇敢走進那夜獸的瞳孔裡，你才有望擺脫糾纏多年的惡疾、羞恥與挫傷。而你回到這鎮上，在這國土最北的邊陲；長長一條鐵道蔓延的終站，你仍然每天凌晨醒來，在寂靜的火車站旅館內，收拾被尿液渲染的被單。

以前這鎮滿溢著藥草的味道，泥土中腐植質的氣息，陽光遺留在草葉上的體味。如今你只嗅到滿室抑鬱的尿臊，一如伯父逝世後的雜物房，累積三十六日的屎臭尿臊長年不去。父親在那黏稠的空氣內，枯坐三日，你與母親在虛掩的門外窺探，看見男人的身影在薄光中淡去。

父親比伯父年幼三年，這意味他只餘三年元壽。遺物中有曾祖父的手箋：「初抵南洋，被押入叢林開山闢路，某夜飢從中來，遇一奇獸而宰食，疑觸犯山魈，逢病發手腳痙攣、體內風火、汗水狂飆、幻象雜錯。遍尋巫醫不果，後遇一百歲長者，曰中降頭，又謂此蠱難解，除非覓得神草龍舌，否則世代子孫命不過三十。」

父親在命中最後三年，丟下藥鋪的營生，走入山裡尋覓龍舌莧。你看過他晚間把頭埋在櫃檯裡，一邊疾筆抄寫、一邊喃喃自語。翌日晨起時父親早已離去，只有皺成一團的紙張棄於煤油燈四周。你把紙團攤開，有如掰開屍體冰涼僵固的拳頭，看見那裡頭畫一株莖粗葉密的草本植物。龍舌莧，自曾祖父壯年暴斃以來，便成為你家族祕傳的圖騰。

此後，「尋找」遂成為陳家後裔的人生命題。據說前兩代因而流離，祖父七兄弟多隨人民軍流散東西馬密林，藉時代的機緣深入這土地最私密的禁地，以搜尋那意識中的腥氣。舊箱子內有祖父眾兄弟的來函，每一封信通報其中一人的死訊。

「大哥前日病逝，正逢冬至，離三十誕辰尚有兩日，終大劫難渡。」

「二哥被英軍擄獲，死前受盡折磨，仍堅信只須熬過生辰，惡咒不解自破，唯天命難違，終被射殺。」

「據聞三兄已逝，吾亦不遠矣。」

「四哥自幼出家修行，卻比三位兄長早逝，每當思及，心有戚戚，卻不知四哥如此安詳離去，幸或不幸。」

「日軍將五哥拖到公市斬首，我也躋身人群，苦於無力營救，滿心愧恨，便整年寢食難安。近日頭痛欲裂，四肢痙攣，目眩神迷。數算日子，明白大限即至。已知今生無望尋得龍舌草，嗚呼哀哉，祈願祖靈佑我後世。」

凌晨時分總有最後一班列車抵站，滾燙的汽笛聲讓旅館的黎明一片溽暑。你在汗濕中再度入眠，夢裡潛遊到那無聲的暗中。父親臨終前出門，你確信自己在昏夢中見過他最後一面。彷彿暗裡有人撫摸你的額頭，狠狠將你抱了一下。這事情你沒有告訴家人，或許你的母親與小妹也有過相同但不願分享的經驗，醒來時身上沾染了生草藥的芳香，那髭茬扎人的痛，如隱形的刺青繡在臉頰。你在睡衣的口袋找出一支鑰匙，它印證了身體對訣別的記憶，除此以外，父親再沒有留下其他。

五日後，你與母親站在店鋪前等候父親的屍體。那麼小的年紀，你與母親一樣預知了父親的死亡。有那麼一瞬，當你舉頭看見神龕上的紅漆木牌「陳門堂上歷代祖宗」，祖先們俯視你們三人一門孤寡，目光閃爍，像燭火一樣心虛。忽然你覺得自己已經成長，長得可以站在死亡那高高的門檻上，與死神凝神相峙。

那鑰匙，你把它置於父親的靈柩之中。父親的屍身鼓脹著河底的泥腥，有一尾小魚銜著泥塊鯁塞在喉結吞吐的地方。你掰開父親的指掌，歸還鑰匙和一箱子沉重的祕密。那一刻起，你開始丟棄許多記憶，關於圖像的、光影的、動態的，直至你再也記不起父親那彩繪著各式南洋符咒和叢林蠱惑的容貌。

爾後你荒誕地渡過了許多乾旱的年歲。城中獨居的宿舍裡養著一隻幾乎已不諳水性的草龜。許多年不接觸任何同類，你見證牠泥腥盡除，並且漸漸捨棄自己的語言，去適應人類潔癖的溝通。你去翻查《辭海》，龜齡幾何，才稱「老鱉」，且適於入藥為引？

儘管你蓄意迴避，但這不語的草龜總是拖曳牠徐緩的腳步，銳利的指爪在地上刮刨出聲音，提醒你有關牠的存在。斗室裡常常點燃熏香，迫得那龜避入灶底；牠在那裡來回爬行，不時睜一雙濕涔涔的眼，窺視你的作息與夢境。

有時候你抱起龜來研究牠的殼紋。龜兒早已熟悉你的動作和體味，也因為歲月茫茫的等待而變得倦怠，再懶得掙扎或迴避。你總覺得這畜牲已有靈性，水紋的眼光透一點飄渺和睿智。是因為灶底的修煉嗎？煎藥的灶下連炭火與灰燼也有靈氣。你選用過土人參，根葉乾品二両，煎水服，味甘性平，治勞傷咳嗽、遺尿或月經不調；蘿芙木乾品一両煎水，則味苦性寒，有小毒，可治頭痛、失眠、眩暈與癲癇。父親只教你用草藥，可是你常擅作主張，加入果狸、蜥蜴或鱷魚肉為引，有一次還殺了一隻野貓。那貓不請自來，也並非特別惹你厭煩，只是你無法忍受貓以淺薄的智慧戲弄灶底的龜。牠把指爪伸入殼內，並露出邪笑，你難堪牠對其他生靈和長者的不敬。據說貓肉有毒，你希望藥理可以這樣應效：以貓毒洗滌蘿芙木久積於胃囊與腦神經的毒素。

煎藥的瓦煲也是父親的遺物，你嗅得出來不同年代的草藥氣味。同學們飲過你煎的蛇莓、三白草、雞骨香、火炭母，這些草藥在瓦煲內留下她們母性的平和的體味。父親用藥遠為暴烈，你在欖核蓮和蟛蜞菊極寒極涼的味道中，意會到父親的焦慮與憤恨。母親不懂藥理，故連她也被父親欺瞞過去，以為枕邊的男人對死亡大無畏，心無罣礙故無有恐怖。雖則她也翻閱過男人留下的筆記，但裡頭每一個字都寫得方正，絲毫察覺不到死亡的干擾。那時父親已自知將死，常常把自己反鎖在伯父去逝的那間雜物房內。之前母親體貼地替他收拾過一番，而你背著初生的小妹，站在門外看一間破陋凌亂的房子，終於變為窗明几淨的臥室。帆布床正對書桌，桌上有日曆，日曆旁邊有筆座，筆座過去是一盞煤油燈。

念醫科的時候，你和同學談論安樂死的課題，待爭論的氣氛沉澱下來，你的思潮就會翻騰起這房間的造型來，那是你心目中最理想的安寧病房。五十燭的燈光構成回憶的基調，混濁而黯淡。白天裡日光偏斜，仍適於綿長跌宕的閱讀或沉思。房內有藥味，但不是消毒藥水，它熏人欲醉，屬於草性的勾引，乾燥，如竹竿中燒來鴉片的煙霧，而非金屬性的嗎啡的注射。你的同學都不能理解，他們雖精於解剖屍體，卻從未觸覺過死亡的體溫，更別說像你的家族，總是等待著三十歲那年的親身體驗，等著與死亡進行一場瘋狂的交媾和繁殖。

伯父留有子嗣，堂兄弟們也都早早開枝散葉，企圖以繁衍的速度來平衡生死間的拔河。你把陸續收到的結婚或彌月請柬扔掉，覺得這樣勤奮地移殖或複製生命，是怎麼可笑和卑微的一種活著。沒有其他人在意龍舌莧這回事，大家甚至有點輕蔑，那些迷信神話和傳說的祖輩們，豈不也都活不到而立之年？只有你這孤僻怪戾的傢伙，把分秒必爭的光陰揮霍在學業上，像別人那樣灌注大量時間去讀書考試，擠上大學，考入醫科。死亡展開龐然巨翅，鵠立在你家族的屋脊上，那攤開來無際的陰影，反而催情似的激起大家的性欲，以及對生殖的強烈欲望。由是你的家族竟而日益壯大，堂兄弟姊妹們聚落各處，與本族或異族通婚生子，交換信仰，調配文化，形成各自的部落。

你回到生身之處，家鄉竟已無人。老厝宅被兩戶印度人家瓜分，男女老幼二十餘人，共飲一口老井。你在舊家門外看那一大票陌生人在屋內笑談，他們吵吵鬧鬧的聲音戛止，用警戒的眼光瞟你，你只好拿著行李往回走，徒步行到火車站，那裡有這鎮上唯一的旅館。

再過兩個月你就三十歲生日，你意會到這北邊最後一家火車站旅館，也許將有你的安寧病房。多花十塊錢要了走廊盡處的一間小套房，說靜，仍然常有火車抵站與開行的聲音，忽遠又近地驅進你的冥想。近日來翻開眼肚已見斑點，舌床厚厚覆了一層黴綠色的苔癬。一切就跟筆記本上記載的相似，接下來體溫將會升高，眼球或有微絲血管爆裂，心跳異常，支氣管收縮。像伯父的最後三十六日，失眠的情況如舊，頭痛加遽，神智漸迷。

你為自己加重了鎮靜劑的分量，頭痛得厲害時，也用一點安非他命。那龜在旅館房裡找不到牠的老地方，因而常在浴缸與馬桶之間徘徊。你無法對痛楚養成習慣，總是因為承受不住腦部的巨痛而呻吟，或迷失常性，瘋狂地咒罵天地所有，驚得那龜窩在殼中不住哆嗦，淌淚漣漣。不明白何以父親有這份定力，臨終時猶可將自己從撕裂的肉體和僵固的精神中抽離，以端正的楷書寫下日記：「今日頭痛欲裂，腦中似有千萬浴火螞蝗，一齧一啃一焚燒，灼熱攻心，渾身肌膚劇痛難當／無法靜心禪坐，眼前亂象叢生／一日飲水五升五，猶難熄五臟滾滾之燃燒，難解喉間蠢蠢之飢渴。」

你讀到這裡，馬上感覺全身皮膚起了神經質的痕癢。起初只是眼睛的不適，彷彿病菌從父親的字跡開始感染，視覺成了導體。「千萬浴火螞蝗」六字激起生理反應，癢的感覺從眼珠往周圍擴散，你不自禁地伸手揉一揉眼睛，那癢，便迅速蔓延至身體的每一寸領地，從頭皮到腳掌，又從肌膚入侵內臟。你發狂地在身上各處亂抓，發癢的耳朵竟然聽到體內傳來蟲豸刨食骨頭的聲音，像一家族白蟻共進午餐。

在山中尋覓龍舌莧，你也曾病發過一次。那感覺介於痛與癢之間，軀體似要隨時被看不見的蛆蟲掏空。你在野地上抱膝嚎叫，引來一隻馬來貘，牠靠近來，把細長的舌頭探入你的口腔。那舌頭不知有多長，居然在你的胃壁舐了一圈。你無法動彈，聲帶抖不出顫音，冷汗在毛孔內凝固，感覺自己成了一塊朽木。正欲閉目待死，忽然靈臺明淨，浮現素未謀面的曾祖父面容；老人家騎在馬來貘背上，朝你淒然一笑。你記起他的遺書「……遇一奇獸而宰食，疑冒犯山魈……」，兀地一輪燦天白日從樹穹上縱出，刺目耀眼，額頭馬上汗水涔涔。你眨一眨眼，見那貘化為一縷青煙，只剩一截舌頭落下，在荒地上火速蔓生，成一片綠色汪洋，中有黃花抖抖。

《中華生草藥圖》上記有這黃花的資料，為延齡草科的七葉蓮，含有蚤休疳類毒物，會引起噁心、嘔吐、頭痛等效應，嚴重者出現痙攣性抽筋。你對那貘的出現疑幻疑真，總以為是症狀之一。伯父與父親都曾遇上這情形，你翻開那一頁：「夜裡輾轉難眠，推開窗門，乍見大哥立於月光之下。兄長策一異獸，如象似豬，哀哀俯首覓食。我振聲呼喚，竟見月光迸裂，眼前景象如湖面碎開，水花飛濺。定睛一看，月光、兄長、異獸，乃不復見。」

何謂「奇獸」、「異獸」？這字眼在各人的遺書中一再出現。難道是貘嗎？你猜想大陸南來的曾祖父，初遇這產於東南亞的四不像之獸，會有多驚駭。然而父親對貘並不陌生，不該以「異獸」稱呼。你想到龍，又難道是麒麟，朱雀，玄武？現在你了解為何病者一一精神崩潰，還記得你那在精神病療養院度其餘生的堂兄，怎麼揪住你的衣領一直喊「孽畜」。那堂兄最後攀上醫院最高的一棵青龍木，尖嘯躍下，長眠於他最後的幻想。是不是他也曾見著那一頭說不出名目來的獸，抑或他最後正跟隨那獸離開，馳騁於生命的荒原？

在旅館中安頓下來，你往山裡走了幾趟。選在凌晨出發，背著竹簍騎腳踏車朝西去。西郊有龍，父親遺言他曾聞過龍舌莧的腥氣，你弓起背脊，頂著夜寒雨露向前衝。田野路窄，山裡無路，你只好下車行走，不時與林中生物交換眼神，要牠們指引你該走的方向。因為路途難行，採藥一去數日，你回來時已滿腮青髭，疲累得只剩精神狀態。你在地圖上畫滿標記，西邊一帶的山林幾乎已經涉遍，而去日苦短，你的竹簍依然空空如也。你急於搜集線索，終把父親的筆記本翻破。

山裡也不全然孤獨，你遇見過許多採集臭豆和蜂蜜的原住民，他們的茅寮在林中演變成大自然的一部分，像野蕈一樣綻開，又枯萎。在林裡你是一個入侵者，近視眼鏡是文明的標誌，它反射陽光，向森林打起危機訊號。沒有人聽過龍舌莧，他們問你是不是也像其他人一樣，到這裡來尋找壯陽補藥「阿里的手杖」？這山麓坐落在兩國交界，近兩年常有人從泰南邊境下來，挖掘各類樹根。東卡阿里是馬來人的草藥，鎮上的中醫師卻也像馬來巫醫一樣，崇拜它的藥效。你知道全國各處都流傳著以東卡阿里入藥的壯陽藥方，每一帖藥方都稍有差異，再由不同的服用者現身說法，聲名遠比任何中草藥更為顯赫。

你苦笑，如今東卡阿里是另一種集體的迷信，像龍舌莧之於你的家族。可是你家族曾經的共同信仰已經式微，堂兄弟們對陽痿的恐懼更甚於死亡。你對這想法感到厭惡，居然有人他媽的用勃起來碩大的陽具去象徵生命的堅毅。唯獨你放棄這些，以孑然與純淨的處子之身，去完成龍舌莧賦予你的生命的主題。或許你也戀愛，譬如在山中的日子，會迫切地惦念著旅館房間的草龜，想像牠正不斷咀嚼與反芻自身的孤寂。夜裡你夢見自己策龜而行，牠背負你爬行到龍舌莧生長的地方，你在龜背上垂淚，直至夢醒仍說不出道別的話來。

山下賣的東卡阿里真假難辨，中藥鋪自己泡製東卡阿里藥酒，銷量比虎鞭酒三鞭酒或鹿茸酒都好。鎮上有兩家野味店推出東卡阿里十全大補湯，分別以河鱉和飛鼠為引。你撈起湯的浮渣，辨識出河鱉和飛鼠小巧的指爪，以及湯內各種藥材凌亂的配搭。野味店也代售東卡阿里咖啡粉，燙金包裝紙印有人參專賣公司的標誌。在這一大片對東卡阿里的集體朝拜和皈依中，只有你像一個苦修的行者，從肉欲的熬煉中超脫。

為龍舌莧你來此一遭。原住民跟你語言不通，遊刃邊境的採藥人也從未聽聞龍舌莧這名字。你向他們描繪記憶中的山谷，雨後孤獨的虎嘯和浪潮一樣席捲過來的雨蛙鳴叫；西渡茅草地，自有龍舌吐腥。他們搖頭，原住民懵懂，採藥人嘲弄，都說沒見過這麼一個地方。這山區方圓數十里，其實你也都走過了，然而那山谷終究只是一幅淺淺印在意識中的水墨，你總在等待某個契機，等待畫龍點睛，那山谷會從印象中沸騰起來，滿山遍野翻湧著龍舌莧獨特的腥氣。

這虔敬的信念自有來處。你沒有告訴那些對龍舌莧失去信仰的人們，你曾經嗅過龍舌莧的氣味，它滲透父親的棺木，充滿了你家老宅。你偷偷掰開父親僵握的拳頭，那裡緊抓住一莖罕見的生草，倒卵形葉子互生於枝上，像數串鞭炮穿過指間的縫隙。腥味濃稠，如肉食獸照面打了一連串飽嗝，中人欲嘔。沒錯那就是龍舌莧，年幼的你深深打了一個寒顫，急急扒開指掌，果然萎頓著一株奇草，乾枯的枝葉仍透一抹油性的光彩，色澤烏黑蠟亮，如毒蛇過江龍的鱗片。是龍舌莧準沒錯，你小心撿起那植物，唯見莖從中斷，顯然被人用力扯裂，卻不見它那具神效的根部，你既驚喜又悲傷，父親果然為尋龍舌莧送命，並非如鄉人所說的，陳家男人難堪惡疾折騰，憤而投河。

有那龍舌莧就夠了，從此你的左掌有了清楚的生命線。念醫科是一項龐大的準備工作，你在數學、生物和化學纏作一堆的理論中，整理出哲學的頭緒。你豢養一隻多少年來苦苦待命的草龜，只待龍舌莧出現，牠將投身藥煲許你三十歲以後的人生。那死亡的詛咒果真如網一樣疏而不漏，未滿二十九歲你就發現了症狀，頭髮不及華白便已脫落，胃中總是無端湧起一股植物夭折後腐壞酸臭的氣體；寢中汗下如雨，手腳常作間歇性抽搐。夢比夜尿滿溢，醒來懷抱一顆撲通撲通血漉漉的心。

攤開地圖，你對北方山區的地理早已了然於胸。父親之死是主要線索，他的屍體擱淺在林外河口，被發現時屍身腫脹生蛆，估計死去起碼三日。你沿著河流朝北獾行，計算著屍體飄流三日的路程。龍舌莧想必長在河畔，也可能在河中，你褪下衣物行囊，與臨時雇用的原住民一起潛入水裡，在河床上尋找新的可能。他們拔起許多奇形怪狀的水底植物，攤在河岸上任你選擇。你喘著氣，水裡的壓力擠逼你病弱的軀體，病菌因而喧嚷。那龍舌莧始終不見，你只嗅得河底生物在水中腐化的氣味，以及在與游魚擦身而過時，碰觸到死亡那潮濕陰冷的軀殼。

如此日復一日，你自覺身體逐日羸弱虛脫，似乎夜裡有夢如獸，舐食你僅剩的體力和精神。以為殘存的生命會在昏睡中被夢騎劫，凌晨時分卻仍舊渾渾噩噩地掙扎爬起，在靜謐的火車站旅館，在山裡的營帳，在原住民荒置的茅寮，等候最後一班火車拉起尖長的汽笛。

你猶不死心，直往河的上游追溯，攀行三天以後，已到了邊境。那天烏雲密集，一層一層醞釀著山雨。領路的原住民對風雨有著與生俱來的敬畏，他們望著怒意開始高漲的河川，發了好一陣子愣。再過去就是別人的國境了，他們一邊搖頭一邊擺手，像一群奴隸畢恭畢敬地央求你讓他們歸去。你加給他們一點酬勞，也不等考慮清楚，便率先躍入咆哮的河中。

河水那麼湍急，讓你無法在河底閒散漫游。你勉力擺動，水中的怒潮捲起河床的泥沙和沉澱已久的雜物，混蒙你的視覺。你心裡一慌，伸手亂舞，觸手所及卻盡是動物的殘骸，以及明顯的一副巨大的龜殼。這馬上觸動你的惡患，無數舊夢在水底轟隆轟隆翻湧。曾經你御龜而行，那龜馱你尋得傳說中的龍舌莧。你的手腳開始抽痛，腦殼似要從中裂開，那痛楚如鉛，強硬地灌入你的臟腑，使得你的身體不斷加重，鉛球似的墜入河底。

曾經你以為自己將會與父親一樣溺斃，在那沒有視野的河底，你開始哀悼自己，並且心裡默念往生咒。死後你將往哪裡去，會不會也像今生悠忽三十載，為了尋求龍舌莧，成為廣闊宇宙中，一隻飄渺浮蕩的孤魂？恍惚中，一隻沒有形狀和面目的生物游出你的腦海，牠欺近你，河水馬上變得烏黑混濁，你連身上的毛孔都嗅覺到牠翕開的嘴巴裡噴出來惡臭的氣息，那味道多麼熟悉，像長年暴食的食肉獸張口打著飽嗝，氣味中揉雜了污血和腐肉的殘渣。

你醒來，原住民的頭顱圍成一個井口，彷彿你正往深處下墜。他們用力推壓你的肺部，擠出來兩口泥沙和苦水。終於你遇到那頭獸，無形無體，但銜著一嘴巴發腥的綠草。他們聽不明白，以為你迴光返照，被救起來後一直呢呢喃喃，晃蕩的目光像一隻蝙蝠懸掛在高空的樹梢上。你一半的靈魂仍落在河裡，也許幽禁在那碩大的龜殼內，從此又忘記了許多往事，你是誰，怎麼會躺在這裡。

原住民始終聽不明白，他們捏著鼻子，問你手上抓的是什麼，那腥臭，實在逼得人無從遁逃，既感暈眩又要嘔吐。

妹妹來信告訴你母親在療養中的情形，附上外甥兒慶祝彌月時的照片。母親在照片中親吻孩子粉嫩的臉蛋，她的眼神悲愴，像在惋惜陳家的香火續在外姓人身上。雌性的眼神總是蕩著水光，她們的溫柔與慈悲，讓你分外震慄於死亡的悲壯。你沒有效法父親臨死前賜予深情的擁抱，也不必留下筆記，囑咐後世繼續追尋龍舌神草。到你這一代，死亡變成最孤單最隱私的一件事，它等同個人癖好，與別人毫不相干。那天下午你再次病發，覺得口腔奇癢，竟像伯父第二十八日病危的情況，狂咬房內所有木頭。那床腳損壞得最嚴重，你趴在地上猛啃猛咬，像被捕鼠膠黏在木板上的一隻老鼠；一夜齧啃，終於門牙鬆脫，流了滿口鮮血。

三十大限前的一個星期，你已經疲弱得不能再走遠路。儘管頻常的痙攣使得四肢不受控制，你仍然每天將自己梳理乾淨，用文明人整潔的儀容，招待已萌去意的生命。頭上的髮絲所剩已無幾，缺了一隻門牙的笑容讓你看來蒼老而滑稽，蜷縮的睡姿駝下你的脊椎骨，還有身體各處被你抓傷的痕跡。現在你聞到了一股死亡的味道發自內裡，這朽壞的軀體已經裹不住你的家族祕密，而你先把這密報給街上的公用電話亭；你對電話另一頭飲泣的妹妹說，你將要追隨父親的步伐，成為你們陳家這房最後一個殉難者。

接下來，因為百無聊賴，你在鎮上流連。這小鎮像褪殼過程中的蟒蛇，大多華人已經棄守，等不著它蛻變。你問了好多路才找到僅剩的一家壽板店。店內無人，你孤身在許多完成和未完成的棺木之間遊走，如在生命將盡未盡之間。記得許多年前父親躺在一錠大元寶似的柳州棺木裡，那棺木透一股庸俗濃烈的檀香，卻也掩飾不了龍舌莧嗆鼻的惡腥。已經很多年沒看過這種傳統造型的棺木，你踱步到店後，內堂另辟一室，擱著那麼孤零零一副。也沒有靈位和香火冥紙，可是滿室不尋常的靜闃卻讓你直覺棺內躺著有誰。這感覺讓你震慄，馬上記起父親遺言「臥病三十天，死亡之形體逐日可見，初見屈腿伏腰以為是獸，後竟挺腰伸爪隱約似人。第三十日子夜五官現形，臉長嘴闊，地額方圓，雖不足十成亦有九分，是也非也？栩栩竟如我之面容」。

聽到「死」這個字眼，一直很堅強的妹妹就忍不住淌淚，像是觸動了封藏很多年的傷心往事。不敢相信你終於找到了龍舌莧，它果真有如記載，透奇腥，莖葉有毒。然而妹妹妳不知道，龍舌無根，屬水中的寄生科，莖內虛空，能分泌硫質，以吸食水中的微生物維持生命。說時你不期然攤開手掌，龍舌莧的硫質似已滲入肌膚，墨綠一灘遺在掌心。如今掌上殘存餘腥，你覺得已有汁液融入血脈與骨髓，它讓你全身發臭，恨不得也鑽入棺中。

多年來你為這一天反覆準備，臨了卻仍有一事教人懸念。父親在筆記本夾層中留有遺書，概略交代身後事。信後另有蠅頭小字，寫「五年前血氣正盛，曾與寡婦馮氏苟合。伊人誕下一兒，一九六八年十月廿一日亥時出生，取名觀鴻，為免生事，乃送於康寧壽板店梁家繼後香燈。後人若尋得龍舌莧，勿忘救吾兒觀鴻一房」。

你把遺書帶在身上，其實也不抱兄弟相認的希望。按遺書上說的，觀鴻比你年長三年，想必已經在三年前作古。你甚至希望這未曾謀面的大哥死時孑然一身，讓這玄妙邪惡的命運不再另生枝節，就你們這一代了斷。可是那一具龐大的柳州棺木令人怯懦，在其薄如紙的命運之上，這錠元寶似的靈柩宛如雕塑精美的紙鎮，沉甸甸地鎮壓住你臨風欲飛的生命。你從內堂倉惶奔出，因為聽到棺內傳來誰在彈指甲的聲音，便一直不敢回顧。

長生店前大樹的樹根上，坐有一長者，睜一雙布滿灰翳的眼睛，童顏鶴髮，年歲模糊。店老闆已經不姓梁了，那是好多年前的事情。老闆娘嫌領養回來的嬰兒膚色黝黑，嘴大唇厚，疑心是外族人的種，加上問卜知道那孩子命帶煞星，輾轉送給另一戶馬來人家。喏，就在西郊途中的馬來甘榜，那孩子身形瘦削靈動，矯若獼猴，先前替人攀樹摘椰子維生，夜裡坐在家門的石階上自彈自唱；而今建一茅寮專售東卡阿里土方膏藥，賺得盤滿缽滿，一家十二口養得白皙圓潤，都顯出了貴氣來。

你循著老人家指點的方向，來到西郊鄉下一間浮腳樓。奇怪的是你自忖這路走過好幾趟了，卻從未發現路旁有這馬來住家，而今它出現得無憑無據，像命中一個平白無故的兄長。門沒關上，一個馬來少婦推開窗門，問你是不是來買膏藥。獨家祕製的東卡阿里藥膏一盒五十元，還有女士保顏用的東卡阿里美容霜。你向她打聽老闆的事。今天禮拜五，那男人到回教堂禱告去了。少婦繼續推銷東卡阿里藥膏。睡前在那話兒塗抹均勻，保證一時三刻金槍不倒；你看我老公，三個老婆八個孩子，晚上不來勁怎麼交代過去。說時摀著大嘴嬌笑，眼波如月夜的潮汐，將人整個淹沒。

屋子四壁掛滿了主人家的家族肖像，你依據年代順序仔細地看。泛黃那張有個孩子眉目與你近似，獼猴也似的騎在一個著沙籠穿背心的中年男人胳膊上，陽光褪色，兩張臉上猶有餘溫與光彩。另一張全家福左上角染了潑墨似的一灘咖啡漬，恰恰為那少年塗染了深褐一層膚色，與十餘人口的一家融為一體。左邊過去連續三張結婚照，新娘子次第年輕，只有那新郎額角線越來越高，兩頰逐漸結了光彩四溢的兩顆渾圓肉團。接下來都是全家福，孩子漸漸增加，照片的色彩擁擠又騰嚷，幾乎要擠破相框。有一張是男人捧著東卡阿里巨無霸的全身照，黑眼圈與大肚腩透露他這些年縱欲貪杯的生活。此時他的面貌已經完全脫離了你們家族慣有的瘦臉闊嘴高顴骨，你看到他臃腫的臉上勉強栽下眼睛鼻子，唇厚如魚，齒咧如獸。最後有他在麥加朝聖的照片，下頜抬高，眼裡光芒閃爍，臉上的神情專注而深情，比諸你對龍舌莧的虔敬，猶有過之。

你突然記起什麼，回頭盯著少婦看。遺書上明言觀鴻生於六八年，按說今日已死三年。少婦不解，誰是觀鴻嘛；你說我老公漢姆沙嗎？他才沒你那麼短命，怎麼你們支那人就愛亂咒人！少婦嘴巴噘得老高。真主阿拉保佑我們，保佑我的男人漢姆沙，賜下東卡阿里養活我們一家。聽好啊支那男人，也許你也是東卡阿里的子孫，你老爸沒有東卡阿里便下不了你這個蛋！現在漢姆沙在替真主做事，他賺來的每一分錢都是真主阿拉的意旨，你們不該眼紅，不該咒人。

少婦辭嚴厲色，儘管聲線不高，語音也不激昂，卻不知怎麼招來了她的家人。小小一間屋子忽然有人從四面八方魚貫出現，女人們懷抱著背負著拉扯著她們的孩子；男的人中垂掛鼻涕，女的眼瞼懸吊淚珠，無不以狐疑的眼神戒備著你。處在他們的圍伺中，你忽然省悟自己原是一個陌生的來客，到這國境的邊陲，在這鐵道無可延伸之處，你終究只是一個背負家族遺書的流浪者，無父無母無親無故；無來由無歸處。尋找哥哥就如尋找龍舌莧一樣，按圖索驥，只為了追尋祖輩埋在叢林某處的寶藏。但你挖掘得越深，愈漸看清楚那裡面只有深陷的空洞和虛幻；裡頭深不見底，唯有你對生存的欲望，蚯蚓似的蠢蠢蠕動。

三個女人八個孩童的目光，逼得你終於落荒而去。你付錢買了一盒藥膏，深深鞠躬後才離開浮腳樓。也許因為心裡最深的恐懼和希望，你走了以後便不再回頭。那浮腳樓如同迷濛瘴氣裡的幻象，忽然「噗」一聲冒火，靛藍色烈焰沖天而起，咻咻捲走了你身後的鄉野與山林。

一切如夢似幻，好像一場大夢沉睡三十年。你在旅館裡醒來，尿囊裡一泡尿只撒了一半，短褲與床鋪已然濕透。草龜在床下昂首看你，失焦的眼神若有所思。你從褲袋裡掏出一小盒藥膏，只有它是實在的，似乎一場野火伸舌燎過，把記憶都燒得煙滅灰飛，剩它是唯一的實體。你旋開蓋子，乳白色藥膏在淡淡的月暈中煥發瑩光，乳白，讓人憶起母親的懷抱，襁褓裡嬰兒的乳香和微笑。

你把藥膏塗抹在草龜頭上，牠溫馴地保持靜止的狀態，直到你把一盒藥膏都用完，才發覺那草龜何時變成了一尊碩大的青銅塑像，神話中昂首吐舌的玄武。牠那麼古老，青銅已鏽，殼背生苔，只有一抹眼神新鮮潤濕，悲情如昨。

• • •

兩個月後，新年被一鎮馬來孩童燃放鞭炮的聲音驚走，沒有人知道你仍然守在旅館，終日把玩一撮無根的龍舌莧。偶爾你走在街上，穿入鎮的陰影，靜聽火車挾澎湃的聲浪沖來，駛往沒有去路的前方。小鎮火車站被樹影籠罩，搭客們撐著浮腫充血的倦眼，一一從火車站步行到回教堂那頭。就某日你看見那人穿過火車站的拱門，他身形佝僂，年輕的臉龐散布歲月的鞭痕。

那人拎著一個無物的旅行袋，徐徐橫過冷清的大街。他朝你走來，濃陰中見那五官層次漸明，闊嘴長臉，地額方圓，竟是你家族獨有的無雙臉譜。你微微愣住，他卻沒有發現你的存在，依然拖著疲憊的步伐踽踽行走，在一瞬間穿越你的身體。

你摀著胸口，隨即回身。彷彿他也曾經回頭，也在一剎那嗅到了龍舌莧妖冶血污的腥氣。你們的目光穿透彼此，熟悉，但說不出來對方的名字。那人似無所覺，繼續走他沒有前方的路。那背影在正午的光紋裡蕩漾，不過瞬間，便已融入。

這樣，視野傾斜，他穿過了一個沒有名分的終站小鎮。

二〇〇一年第六屆花蹤文學獎．世界華文小說獎首獎

無雨的鄉鎮・獨腳戲

奇。四月無雨。真奇。陽光的狂躁症去到末期，便潑辣而自虐，近乎求死。萬物芻狗，有的開始在光的暴烈中消融。光是酸性的光，輻射狀的光，液態的光；有聲無聲的，有味無味的，有形無形的，光。終日終夜的光，無邊無際的光，滔滔不絕的光。

奇。四月無雨。真奇。陽光的狂躁症去到末期，便潑辣而自虐，近乎求死。萬物芻狗，有的開始在光的暴烈中消融。光是酸性的光，輻射狀的光，液態的光；有聲無聲的，有味無味的，有形無形的，光。終日終夜的光，無邊無際的光，滔滔不絕的光。沒雲沒雨，無雷無電，光一大盆一大盆地傾瀉，很多很多，像上帝創世以來許多編織到一半便說不下去的故事，正史野史，四面八方，且都熔岩似的極燙極熱。

這故事打從開始就注定要暴露在光中。妓女你推開窗門，我說的光便澎湃淹至；因為凶猛，彷彿挾著呼嘯。四月，時值正午，光譜之中妓女你異常美麗惟近乎透明。光是蝕人的光，它進入，它穿透，你水嫩的肌膚馬上燒起來似的痛。奇，真奇，怎麼一整個四月都不下雨？

是啊怎麼不下雨。旅人我把臉埋進枕頭裡。天都亮了太陽都自焚了，妓女怎麼不走。我想像你旋起黑披風離去，回到你受潮的長滿異蕈的棺木裡。妓女不走她再躺下來。昨晚你說你十六歲，十六歲麼倚窗一站身體又儲滿太陽能，發燒的乳房熨貼我旱裂的背脊。哦我忘了付錢。我忘了你是十六歲的妓女。

到這裡來幹嘛。老旅館都一樣的發霉，樓梯總咯嘰咯嘰在響。水龍頭旋不緊，滴答滴答。滴答滴答。滴答滴答。妓女你走了麼，你的十六歲走了麼，我昨晚吮吸過最後的幾顆青春的朝露。我到這裡來幹什麼。我頭痛，我耳鳴，我聽到男人彌留之際的懺悔和哭泣。

妓女已經換另一個人演出，皮膚更黝黑一點，更滾燙一點凶悍一點。前天晚上那個十六歲的已經死了麼。噢她的十六歲老早死了。妓女用翹舌的馬來語舔我的耳背。妓女問我喔你用的是什麼髮油。我轉過頭來告訴你那是我父親留下的東西。我還有父親的古龍水，有他的汗衫和內褲，當票，泰銖，支票本，春藥。旅人把行李全部掏出來，都是些零零碎碎的東西，很零碎甚至無法拼湊起來。我都認不得它們了。旅人說他像一個扒手認不得自己的贓物。妓女近乎低能而缺乏幽默感，她拿起那紙包來說這藥是假的，我肯定它是假的，沒用，會勃起但不能持久。

沒錯都是假的。妓女的歲數是假的，乳房是假的，睫毛是假的，髮色是假的。妓女不屑地說呸我連身分證都是假的。旅人覺得這四月的光太銳利了，刺入皮肉很久都沒感覺到痛。但光進入血漿就會慢性地溶解，你開始感到血液升溫，透窗而來淹沒人的光讓你窒息和暈眩。你有殺死妓女的衝動，有這念頭你很亢奮，旅人你光著身子爬起來。四月的光飢渴而貪婪，馬上撲過來啃食你，你有點害怕。牆上的鏡子反光，光影裡的妓女點燃香菸，妓女已經換了人，這次她連性別都是假的。

我到這裡來找人，你有沒有遇見過一個外地來的老傢伙？老傢伙是旅人的父親，旅人吃力地記憶和描述。他嫖過你了嗎。他很老了他還想要，他患過疱疹，他好多天沒洗澡，他臭，他沒錢。妓女摘下假睫毛，假牙，假髮，義乳，這一刻的她看來多麼像我的母親。妓女說你什麼都別問了你抱我吧。那一晚旅人很被動，妓女騎上來爬下去，累出一身汗來。十六歲的時候你在幹什麼呢，割膠麼，嫁人麼。旅人繼續在夢囈中說下去，十六歲時我媽跟了我爸，那年我爸的大兒子都十六了。

妓女已經上年紀了，昨天夜裡還是含苞待放的十六歲。清晨醒來我看見枕頭上留有一條灰白色的頭髮。我和昨日一樣還是一個旅人，浴室裡妓女把她的假牙留下。那假牙彷彿一張滔滔不絕的嘴巴，旅人有點懷疑自己夜裡將妓女給殺了。假牙問我你的父親母親後來怎樣了。旅人說我一個鄉鎮接一個鄉鎮走下去，我老爸他一個女人接一個女人屌下去，他一定到過這裡，我嗅到他的味道。假牙沒聽進去，只是曖昧地笑。

沒有一個妓女能夠安於聆聽。旅人想如果能夠向她們要一件紀念品，耳朵會比假牙更好一些。妓女笑著就入眠了，早衰的臉上印刻著淺淺的笑紋。妓女說我十三歲就出來接客了，你問我十六歲在幹什麼。旅人坐在床上抽菸，旅人裸身，旅人覺得旅館的房間正緩緩塌陷，轉過臉去看著妓女就這麼睡老了，睡得很深沉像夢裡有愛人的胸膛。十六歲我離家出走，我吐了一口痰在父親臉上，我說屌你老母你這老淫蟲這麼多人死了就不見你死。妓女你相信嗎，我老爸夜裡爬到隔壁的陽臺，爬上人家寡婦的床。

旅人那時很年輕，十六歲。妓女愛憐地吻他的額頭。火車一站一站的停，你就這麼一站一站的下車麼。旅人感到迷惘。火車火車轟隆隆，請問你要去哪裡？那是兒時的遊戲，其實像點指兵兵。點指兵兵，點著誰人做大兵；點指賊賊，點著誰人做大賊。旅人說他想哭。要是我哭了你會取笑我嗎？女人溫柔到極致了便如出一輒地像起母親來，說哭吧你想哭就哭，讓我來抱你。

這輩子旅人再沒有見過比他的父親更下賤無恥的人了。你的父親在哪裡辦事？旅人聽見自己的嗚咽，他無事可幹，他只是另一個旅人。妓女擁他入懷，那麼他飄流為的是找尋什麼？又是另一個旅人嗎？我愈發茫然，我把臉埋入妓女微微下垂的長形的天乳。我嗅不到父親的味道，旅館的老樓梯每傳來一陣腳步聲，似乎都像父親的蒞臨或離去。那些腳步聲有的像是停在旅人的房門外，旅人等著會有誰敲門，結果總是沒有，但旅人隱隱聽到粗重的呼吸聲音，像將死的野獸的呻吟。腳步聲都約好了要作弄我。趿拖鞋吧噠吧噠的是病中的老男人，夾著喉頭有痰的咳嗽聲音；舊皮鞋的咯咯聲裡聽出有一隻開了口，是搓麻將輸了錢回來的老男人；光著腳想靜悄悄來去的是男人的老靈魂，有腐朽和潰爛的味道。

要是能下一場雨就好了。旅人和妓女渾身汗臭，他記起旅程之初曾經停留在一個不斷下雨的小鎮。我記得雞屎的氣味很新鮮，木瓜在不遠處落下，我想起來它們極像你的乳房。木瓜充滿了母性，雨中熟透了掉在草地上的木瓜，被紅眼了哥啄食過爛掉的肉洞像陰戶，無話地承載落下的雨水。嘻嘻你真衰。旅人睜開眼，妓女又回到大約十六歲的年齡，十六歲已經濃妝豔抹的臉。旅人覺得很難受，房裡太亮了，老式冷氣機不斷在咳嗽和喘氣。

妓女離去時覷了旅人一眼，旅人在角落那裡抱膝坐著，很失神地注視著窗外某處。其實那裡只有鋪天蓋地的光，地板上旅人翻皺了的報紙有點焦黃，房裡的空氣呆滯，死亡的氣氛慢慢凝聚起來。

有一個晚上旅人很不來勁，妓女忽然來紅，旅人抽了兩包菸喝了兩杯白咖啡在發呆。翌日妓女說你發呆還真高消費。旅人覺得不好笑，難道那不是很奇異嗎，自從過了那個不斷下雨的小鎮以後，我們的土地似乎開始被吸乾了。我們？妓女聳聳肩說阿哥你搞錯了，我是爪哇來的。爪哇來的人妖，有喉結，皮膚粗糙，聲音沙啞。旅人問她你看不看得懂我的小說，父親在我的小說裡死了，裡面的場景多麼似曾相識，他最後無法瞑目，眼球蒙了一層灰翳。

眼珠，耳朵，假牙。這些遺物再怎麼堆砌也不能將父親的面容拼湊起來。旅人說後來稿子被退回來，真可惜呢原以為父親也許會讀到，他讀到了不死也得被氣死。或者會在這房間，或者在走廊盡處最角落的那一間，他眼睛睜得大大地僵躺在地上，手上抓住捏成一團的報紙。妓女用男聲說真可憐，你怎麼有這樣多幻想。旅人以為一切都是假的，你是人妖你怎麼會有月經。妓女回過身，嗄，人妖？陽光蒸騰起來，妓女彎下腰在揩拭大腿內側的血絲。喂你拿什麼在抹你的經血？她隨手把紙團扔到紙簍周圍，不就是廢紙嗎，你看你寫的字都印了在人家的大腿上。

那些是旅人的小說，印在大腿上的字有「落雨的小鎮……尋找……男人的身影……木瓜……」，以及一些模糊難以辨識的符號。那些字一直往上延伸，鑽入妓女的毛叢中。我找不到那些字了，像我找不到父親，他到哪裡去了，他一定像野獸一樣找個地方躲起來等死。我媽說反正你一直想他死了算，他吃飯有時，淫佚有時，睡覺有時，死也有時，你何必去找？你想確認什麼。

旅人想那些字要是不褪色會有多好，妓女擘開腿會有我的小說如紋身或符咒。說不定父親會讀到，他會因此早洩，他會撥開妓女茂密的毛叢去尋找隱去的其他文字。旅人享受這種幻想，旅人和另一個旅人在尋覓彼此，像一面鏡子映照著另一面鏡子。這種尋訪是無盡處的，從一個鄉鎮到另一個鄉鎮，火車軌道沿著國界銜接成一個大大的橢圓形，我和我父親的飄流如某個小鎮上的雨一樣永不停息，我們其實在互相逃避卻又不甘心地斷斷續續留下線索讓對方去發現；發現這一刻的我和他的存在。

許多的妓女當中，人妖的頭髮長如瀑布，覆蓋下來的熱，有如爪哇的燒芭。她身上的香味庸俗而廉價，但旅人覺得這芬芳最是母性，他尤其喜歡看妓女事後對著梳妝鏡子抽菸。那一刻他們都是孤獨的，他們各自屬於自己，在一個狹小局促但靜謐的空間裡，有兩個混亂的宇宙互不侵犯地運行下去。妓女你有你的爪哇，我有我不能終結的旅程。

幾天以後旅人決定要離開滿溢著光與熱的鄉鎮，搭乘第二天下午的火車北上。那天晚上旅人去找過那一位把整個家鄉帶到異鄉來的妓女。蹲在暗巷中的另一個妓女告訴他，你找的人妖已經死了，一個嫖客把她掐死了，你難道沒有看報紙。旅人想這一切會不會也都是假的。旅人站在暗巷中發愣。終於在這無雨的四月的大熱天裡我覺得有點冷。她有沒有留下什麼。黯啞的街燈下面目暈開來的妓女趨前，在旅人的耳畔細聲說，你以為她會有什麼呢，她只有一頭假髮。

當夜的夢境一片空白，夢裡溢出一片溽暑，旅人在汗濕中醒來。旅人恍惚發覺了，房間已經不是之前的那一間，很可能連旅館也不再是之前的旅館了。唯有四月那異乎尋常的，天譴似的乾燥和悶熱，與昨夜並無二致。旅人舐一舐裂開來的嘴唇，頭痛，耳鳴，似乎聽到隔壁房間裡傳來懺悔告解的聲音。父親，我原諒你。旅人在稿紙上罰抄似的一遍一遍地寫，我原諒你。原諒你。妓女們的聲音很整齊，包括長髮人妖的男聲，也夾著母親的哽咽，腦海深處傳來竟如天籟，我們原諒你。

小鎮的電影院放映著誰也不會留心的舊電影，旅人買了票卻沒有進去。好像有預感他的父親就坐在裡頭，那不成那太靠近了。白日裡無客可接的妓女眾人也會在吧，她們坐成一排來來回回地傳遞馬鈴薯片、汽水和爆米花。旅人猜想同一齣戲她們已經看過很多遍，然而沒有人記得住電影的人物和情節，每一次重看都只是為了遺忘上次看過的。旅人只是很多路過的嫖客裡的其中一個，倒映過來也只是很多漫無目的的旅人裡面的一個。根本沒有存在這回事。旅人坐在老戲院門前的石階上喝汽水吃爆米花。

旅人這路是要走下去的，走下去不外乎換一個城鎮，換一間旅館，換房間，換妓女，換火車站。只有父親我是不能換的。旅人離開之前撥了一通電話到報社，編輯說抱歉你小說裡的多聲調是假的，地點是假的，感情也是。旅人主動提議重寫一遍，那妓女可以不死，但父親非死不可。四月的光從高空傾下，小鎮的電話亭就像隨時要被蒸發。旅人把燙手的聽筒掛上，轉身泅入液態而黏稠的高溫中。

旅人魚貫進入，火車開始吞食。四月無雨，坐後面的老婦人說，真奇，見鬼麼這天氣。旅人從背囊裡找出一疊稿紙，攤在膝上寫下第一句。奇。四月無雨。真奇。

疾

如果我死去，我們會更靠近一些。而我沒有死，只是一身病。病。沒有痛，只是內裡很乾的一種狀態，很渴，很餓，不斷嘔吐。太多的幻想如太多荷爾蒙，也不是我願意的，就是一直自行分泌；想像遂而為病，虛幻為病，疏懶為病，不死亦為病。

如果我死去，我們會更靠近一些。而我沒有死，只是一身病。病。沒有痛，只是內裡很乾的一種狀態，很渴，很餓，不斷嘔吐。那麼一個有鞭炮聲的春，塑膠桃花真誠地開著，門前的春聯紅得燒起來。我躺在懶人椅上，想像自己將死。醫生說「你病了，心病」。太多的幻想如太多荷爾蒙，也不是我願意的，就是一直自行分泌；想像遂而為病，虛幻為病，疏懶為病，不死亦為病。

你死的那一刻我別過臉去，不是不忍，而是抗拒。這樣你就想離開了，而果然真的離開；許多債沒有還清。死了以後你很乾淨，病菌仍然在齧咬你的身體，並且分外落力，有點像是在替你清理遺骸。是菌葬，化為烏有是你對人世的歸還；烏有，便是連塵土也算不上。

你死了我守在屍體旁，給你蓋被，掰開你的拳頭，沒有驚動別人。你死了我有很多話要說，但都跟童年和回憶無關，跟我們無關，就好像閒話家常。隔鄰床位的阿伯問我你是不是死了，為什麼沒有扯鼻鼾。我有點心虛，像是你被我害死的。但我以為自己才是受害者；你有什麼呢，拍拍屁股走人，留給我虛空，留給我沒有對象的怨懟與仇恨。

一直到晚上都沒有人發現你的死。如果有，只是因為沒有了你的鼾聲，鄰床阿伯睡得不太安穩；半夜醒來還是要說，你爸爸睡得死透透。我笑得很陰森，醫院冰涼的空氣裡這樣冷冷笑著，覺得自己像鬼。護士送來的飯菜我都替你吃了，然後替你嘔吐，都是一樣的穢物；都酸，都苦。真不知道自己想要隱瞞到什麼時候，其實只是對以後感到無助，不知該如何想像你的不存在，以及你不存在以後的我的存在。

我倒沒有想過以後我就不復在了。小房子突然變得很大，而我變得很小，很小又很安靜；可以不動，可以不發聲，只要躺在你睡過的懶人椅上就好了。餓的時候想像用膳，渴的時候想像飲水，睏的時候想像睡眠。一天二十四小時可以一動不動，近乎虛擬地活過去。醫生說我病了，有精神分裂的症狀，給我鎮靜劑給我安眠藥。可是醫生我已經夠安靜了，屍體一樣的安靜；我睡得很香很甜，沒有想像做夢，死亡一樣的陷得很深。幾顆藥丸拿在掌心會發光似的，我躺下來想像服藥，連苦味都是真切的，因而想嘔，就嘔了，嘔出來許多奄奄待斃的螢火蟲。

我知道有一天我也會像你被扶到中央醫院，一手拿面巾一手抱著塑膠桶。你跟來來往往的護士說你要嘔，便身體力行地抱緊塑膠桶嘔出嘔吐的聲音，還有酸黃的胃液和口水。我不記得自己站在什麼地方，但視野一直有你，你的正面你的側身你的背影，你生你老你病你死，你就這樣消失。我記得當時在想像你的訃告，好不好就寫你死於冷汗、愧疚、懊惱、夢、空白、報應、饕餮？醫生說你一身是病，你會從頭髮到腳趾全部潰爛，你的內臟將全部化為膿汁，但醫生說你看看他的心電圖，你看看他這強壯的一分鐘七十五跳，簡直像一個年輕的小夥子。是的你人老心不老，你不死心，你還在留戀什麼。

• • •

你死後我唯一很想做的事情是放火燒屋子，連車子一併燒掉。但我畢竟沒有做，甚至沒有想像。你的氣味滯留在這裡那裡，你的病菌仍然在飄蕩和繁殖；車子依然很臭，好像你的生活還在延續，你的頹廢和敗德，你的乾旱的人世。其實從你搬過來的第一日開始，我就不得不墜入這氛圍裡，好像我是被你放在兩隻行李箱裡一起帶過來的；好像你的死和我的不死都是由你預謀好的，一臺戲。

現在這臺戲就剩我一人撐下去了。我從懶人椅上爬起來，要在你的遺物裡找出一個陰謀來。都是你住進來後已經被發現過的東西，預診卡、胰島素注射器、泰銖硬幣、當票、紅黃藍綠許多藥丸、糖果包裝紙、身分證、有血和痰跡的紙巾、泌尿專科的帳單。這些東西足夠將你的後半生完整地詮釋出來了。你的大老婆在電話裡說「有咁耐風流有咁耐折墮，我冇眼屎乾淨盲」。於是你像一件無人認領的物事被托運到我的屋子裡來；你挽著兩隻行李箱，你咳嗽，你說「我回來了」。

你死了以後我終於確認了這事實。在醫院裡，當我伏在你臥屍的床沿，忽然知道這就叫擁有，因為你不再離開，我將不再感覺失去。你死了我就踏實，你死了就好，屋子回到過去的寧靜，無人干擾我與寂寞相互撕咬。但你的行李箱仍在，你的黴菌無聲息而騰嚷，你在。護士把我搖醒，喂喂喂，你爸爸死了，你發神經，還抱著他的屍體；都硬了，都要發臭了，都要生蟲了。喂喂喂。

你說好了死後要火葬，你坐在車子後座，你的臉在望後鏡裡枯萎。終於你答應要去醫院，好像就打定了死的主意，也做好了死的準備。抱藍色塑膠桶的男人朝桶底自說自話，他說死後燒成灰要撒在海上，一了百了。我想到戰爭與和平，想到公義與人道，想到你若死，本質上到底是污染還是環保；想到我在樂浪島或馬爾代夫游泳時，你的骨灰將沾上我的身體潛入我的陰道；想到自己將要懷孕了，想到輪迴和循環。

醫院人很多，排隊急診的人都有一種時日無多的氣色。大家在不明所以之中流動，流血的先治昏迷的隨後，你這種不痛不癢的唯有枯坐。我們在急診部的登記櫃檯前面並肩坐著。我以為你有話想說，而你只是嘔和咳嗽。我後來把座位讓給一個假作呻吟的印度老婦，我四處走動，但我正視有你，側視有你，背向你卻仍感知你。我感到生命如此無語和不圓融，我們都有所缺，我們必將在欲語未語之際，帶著遺憾死去。

你叫我找一個男人嫁出去，我很辛苦的嚥下一口麵包，在胃囊裡麵包還在發酵，你就是我唯一的男人了。麵包變硬和發霉，咖啡裡有蟑螂浮潛，音樂還是藍調的。你怎麼說，我的男人。只要一天你還在，我就無法對婚姻釋懷。我的腦海裡有女人蹲著的背影，切白煮雞，醃黃瓜酸，乖乖，黃瓜心給你醮醬油吃，拿一張小板凳坐在屎坑邊，安靜吃你的黃瓜心。黃瓜心有甜甜的一股香，女人的淚是苦的，醬油鹹；我很乖很安靜，坐在小板凳上等你。

小學的時候我在歌詠班裡學過一首歌，〈記得當時年紀小〉，可是高音的部分我拉不上，該停頓的時候我停不了。我曾經是多麼平庸的一個孩子，家長日沒有人來領我的成績冊。喂你的爸爸呢媽媽呢，他們沒來我就不發成績冊了。我剪了冬菇頭，瀏海長得遮擋住視線。老師說你的雜費沒交你的圖書費沒交你的樂捐卡沒拿回來，喂喂喂。三年紀我就開始在成績冊和一干文件上冒家長簽名，老師說這孩子繪畫天分很高；有時候也幫你在文件上冒別人的簽名，先在過時的報紙上練習許多遍，直到你點頭和笑。

以後知道你住過拘留所，我一點也不詫異。你總是犯規和使壞，你利用過一個小女孩的藝術觸覺和繪畫天分，活該。而你在拘留所過了七天並沒有改變什麼，欠著一屁股債，女人孩子在家中詛咒你，滾遠去，別死在這裡。印尼外勞說老闆三個月沒出糧了，印尼人用印尼話咒罵你，他們帶著小工廠裡僅餘的舊電器離去。有一隻電冰箱是我這兒搬過去的，電單車也是，還有沒了綠色的彩色電視機。

我不詫異但我流淚，想到你肥大的背影蹲在拘留所裡，你嘔，白髮疏疏落落的掉下來。那年我小，夜半你吐血便扶你搭計程車到醫院。母親抽泣的聲音襯托我們；我第一次想到你會死，有點興奮，連興奮也是冷靜的。念小學就開始希望你死，你也常常出現某些將死的跡象；胃生瘡，痾血，腳爛，很多年了居然母親先死，你坐在靈柩旁半瞇著眼睥睨來往的人們；你剝花生，吃叉燒包，開始有點老人痴呆的模樣。等了這麼多年你現在才死，活著何其婆媽。母親的背影和你的交疊起來，她煮白切雞，你嘔；我靜靜安坐在小板凳上，醮醬油吃黃瓜心。

你問我後來怎樣了，但我突然很累。事情多是這樣子的，不由分說。我們是不分青紅皂白的關係，血肉相連又血肉模糊的，像被卡車輾過的死狗，筋連筋肉連肉。我捉住屍體的手，我枕在你的胸膛上，想像無夢，遂而酣眠。如果有夢，夢便是一團漆黑與冰冷，夢便是無感與孤獨，夢便是停擺的時鐘。睜開眼才浮起來母親哭泣的臉，第三個第四個無臉的女人的臉；睜開眼是一個黑白電影的年代，我的冬菇頭彷彿小小的洋傘一把，瀏海掩蓋我的安靜、稚氣和憂傷。

後來你什麼也嚥不下，你瘦，嘔吐很凶猛，五臟六腑都在排擠吞進去的食物；嘔一次彷彿把你整個人搾乾。我用馬來語告訴醫生，你之前兩個月每天早上都要嘔，小便的味道甜而腥膻，色黃冒泡；你又習慣不沖廁，廁盆裡浮盪著病態的糞便、尿液和隔宿之糧。兩腳浮腫是因為糖尿病，行路步履艱難，爬樓梯像蝸牛上樹，便常常賴在客廳沙發上睡覺，甚至不洗澡，染黑過的頭髮油而黏膩，頭皮屑落在肩膀上。

你這樣怎能在拘留所裡過日子，你沒有注射胰島素，其他藥物都留在我這裡。你會蹲在小小的牢房裡嘔吐，老鼠爬過來舐乾淨；你連老鼠也想吃，今生你吃過很多豐盛的筵席，把許多不該吃的生靈活剝生吞；猴子腦穿山甲，虎鞭龜頭。病之前你腆著脂膏滿溢的大肚腩，潤白的臉上紅出血來；褲頭的鈕扣總是解開著的，露出已經鬆掉或脫線的底褲的橡膠帶。你的胃一直在承受你的殘暴不仁，是的你的罪孽，你以萬物為芻狗；這器官還得幫著毀屍滅跡。你生病總是胃先出事，以前生過瘡，瘡破裂流血，夜裡蹲在房裡吐血；血在已經發酵但來不及被消化的食物裡，色如女人月經。也曾經胃潰瘍，痾黑屎，糞便是銅鏽一樣陳舊的顏色。很多次你都挺過去了，以為命硬，其實是天譴，你苟且偷生你不得善終。

命裡的最後，你抱著塑膠桶做最後的修煉，朝夕晨昏，日出日落。我下班回來，看見沙發上昏睡著一具依稀的人形。我們之間有了點冷森森，有了腐敗的味道，很臭。你便說，送我到醫院吧，我不想死。

我們一個站著一個坐，中間隔著人們的生老病死，其實生老病死就是重重霧障。護士們蜻蜓點水似的來了又來，喂喂，你叫什麼名字。你緩緩抬頭，護士卻又一溜煙而去，誰也搞不清楚狀況，到底批准你留醫嗎，抑或是要我扶你回去，讓你死在家裡。登記以後超過三個小時，我們看不見將來。將來你的死因已經決定，然而無處可死，你沒有家。你的大老婆說，你給我死遠一點。

黑暗一下子就把我們嚇下去了。病入膏肓以前，你沒事仍然喜歡到花縣會館玩紙牌。老了沒事的時候比有事的時候多，磨著耗著反而加速老化。眼睛先有徵兆，入黑了視域收窄，也許是夜盲，經常發生小車禍，經常賠錢。早上出門總可以在車上發現新撞痕。那輛國產車像你的胃，老舊，破損，擋煞，當災。最後銀行有人來收車，說是半年的供期沒還。我回來看見它不在，夜裡你乘計程車回來，問我拿五元付車費。

翌日你就走不動了，早上穿好衣服準備出門，可是背脊一貼上沙發就起不來，浮腫的眼皮往下壓，坐禪一樣入定到晚上。哦夜了我要去睡覺，說著抓緊樓梯扶手爬上樓，欲嘔。明天吧明天再說。可是誰敢說明天我們是否還存在，你還會在嗎。我問你要不要進醫院，你悶哼一聲，無憑無據的自信。後來醫生說，你看他的心跳，簡直像年輕人。是的，死之將至猶不知悔改的篤定與穩當，一分鐘跳七十五下。如果心電器與測謊器雷同，你看你這天生殺人犯，完美的罪人，該將你釘在十字架上，讓你死於各各他山。

去醫院那天，你一手抱著塑膠桶，另一隻手揪著鬆得要掉下來的褲頭。汗衫有汗酸，底褲有尿膻，口腔有餿氣，肉有菌，魂有蛆，攤在車廂後座如同死去多日的屍體。我問你如果你死我要通知誰，你那邊的老婆孩子親戚朋友，我一概不知。我想抱你但退卻；你很臭，碰你會讓我感到委屈。我沒名沒分，但你生前死後我仍必歸屬你。我們的家譜中我無處可去；我們困在車廂中，車子在堵塞的路上，路在滯留之境，我們被堵塞在自己的身體裡。

那天折騰到午夜才確定你會被送上五樓B，難民營一樣的集中病房，每一個躺在床上的病者都老邁都朽壞，他們呼吸以致空氣都陳腐了。生命如此潮濕，寄生著各形各式莫名所以的蕈、蕨、瘤、菌、瘢、苔、黴、病。你來這裡如回到老母親的子宮；最初的胎，最後的塚；空骨埋屍的亂葬崗。我走了你休息吧，我轉身但我記得你躺在四十三號床；記得你名字的馬來文拼寫，你的身分證號，你的沒有意識的目光。

你死後第三天就是除夕，我一個人靜靜吃晚飯，白切雞，黃瓜酸。醫生說那是幻象，「哪來的飯菜？你被發現時已經四十八小時沒飲食了。」噢，就在懶人椅上，我蜷縮著身體，其時你已被燒成灰燼，骨灰安放在三寶洞，無人進香。你都死了我還可以等待什麼呢。醫生我好安靜，安靜是我承受這人世這人倫的方式；安靜的上學放學，安靜的上班下班；安靜的性愛和欲望，安靜的生和死。

報死紙這麼拼寫：M-A-U-T，死亡被唸成客家話的「冇」。終生你一無所有，我去問米，被問米婆捉住我的手，你說你很辛苦你依然日日夜夜在嘔。我差點要相信了，直到我看到手腕上被捏出來的瘀痕，忽然察覺只是一個騙局。如果你會捉住我的手，死前我們怎麼會無言以對，死了連辦你的喪事都有一份事不關己的陌生。但問米回來我還是給你燒了一隻紙紮痰盂，不相信老成精的問米婆，但我相信報應和輪迴，怎麼會有拍拍屁股就走人這麼便宜。

我說，你的死有我的詛咒在裡頭，說時我已理了一個冬菇頭。長長的瀏海底下有一雙近視眼，鏡裡凝視自己。死了母親終於得到你，她在瓷像裡笑得好溫柔。抱歉噢我不會給你自由，記得餘生你說過什麼，你說不自由毋寧死。我把你們攪拌成一堆，在日本手工精繪的彩瓷裡，母親快樂地擁抱你愛撫你強吻你，她說天天要給你煮白切雞。親愛的我如此擁有了你的餘生之後，我不會任你去遊樂浪島和馬爾代夫，這個我不必去問米，我知道死了將比不死讓你更難熬。

如果我有勇氣，恐怕老早我已經殺死你，而我怯懦和軟弱；如果我還有更多一點點的勇氣，或者也會陪你一同死去。新年前在醫院的病床上，我夢見死和你的眼淚，我們在漆黑中抱頭痛哭，誰也看不見誰的臉。怎麼說你死的那一瞬間我們很靠近，靠近得我不能不感覺陌生，因而別過臉。這樣你就想離開，而果然真的離開；就在我們很靠近很靠近，幾乎相依為命的一瞬。

我們一起看飯島愛

只要你願意，沒有辦不到的事。素珠仍然把一箸即食麵舉在半空中，仍然聽到有人在她的廚房櫃子裡彈指甲。她試著去想像其他，譬如沒排好的版，標題是綜藝體72級：豔鬼尋凶，夜夜銷魂。

想像有人在彈指甲。

在寂靜的屋裡。傍晚而將入夜。一個人煮了泡麵坐在廚房裡吃，聽到櫃子裡傳來小小指爪在刨刮某物的細微之聲，便想像起櫃子裡有人在彈指甲。

這事是不對的，櫃子很窄小，要能藏人也唯有是個小孩。素珠她想到日本電影裡渾身抹了白色顏料的男童，擅爬行，行動時全身骨節咯咯作響。小男孩的眼珠渾黑，看人時無有喜怒哀樂，是一張無辜的臉。

無辜夭折，故而成為怨魂。她在亮了一盞孤燈的廚房裡，覺得驚怖，夾了一箸麵卻吃不下去。

西門不在。西門不在，讓一屋子的寂靜腐蝕得更深一些，更潰爛一些。素珠知道西門往哪裡去了，小酒店的小餐廳，西門穿阿申納球衣的背影，紅色。陪他調笑的是金髮的澳洲女孩，染著淡淡陽光的皮膚白皙得發亮，亮得她一臉淡褐色雀斑都飄浮起來了。

素珠覺得最近的想像都有了電影感，一個畫面承接著一個畫面，她的西門卻始終在畫面裡背向她，素珠只看得見阿申納的球衣，紅色；皇家馬德里的，白底黑字；巴西的，青黃；義大利，藍。

至於有人在彈指甲，素珠以為是一個人連接著看許多恐怖電影的緣故。老總叫她想想去，現在流行什麼。素珠翻開報章看到的是日韓港的電影海報，都陰森森，都血淋淋。可是她覺得幾乎不可能，很難，怎樣把這些紅黑色元素注入她的小說裡。老總斜睨她，看著辦。

只要你願意，沒有辦不到的事。素珠仍然把一箸即食麵舉在半空中，仍然聽到有人在她的廚房櫃子裡彈指甲。她試著去想像其他，譬如沒排好的版，標題是綜藝體72級：豔鬼尋凶，夜夜銷魂。

網友負離子會批評這標題很土。素珠的網友，她叫他做聊天室大玩家。負離子有很年輕的靈魂，他對她溫柔，告訴她很多年輕男女不可告人的事。素珠也假裝很年輕，登記冊上填的是二十。二十歲，那年西門才是個兩歲大的孩子，五官精緻小巧，眼神總是顯得很迷惘。最初有過一段日子，素珠生起過要把孩子捏死的衝動，她的兩手都按在男孩的脖子上了，她說西門真對不起。

把吃不下去的泡麵倒掉，素珠洗了碗筷，走到狹窄的客廳來。電視開著的，但無聲；吊扇轉動著的，呼呼作響。老鐘無秒針而有秒聲，滴答滴答。浴室的水龍頭沒旋好，滴，督……滴，督。素珠步行時聽見左膝的筋骨在響，像有弦被彈撥，剔，剔，剔，又像有人在彈指甲。聲音細微，一點一點將房子放大。素珠簡直覺得客廳變成了曠野，所有物件都離開她越來越遠，西門你不在。

西門回來的時候，想必脖子上會有吻痕。素珠看過的。這孩子喜歡這玩意，那澳洲女孩也很野，隔著爪哇海和阿拉弗拉海，幾千公里就這麼飛過來。素珠聽負離子說過這些經驗，無愛的性事。負離子還慫恿她把故事寫下來，兩個人坐在馬桶上玩，結果把坐板都壓壞了，男臀還印了紅紅一個橢圓形。素珠寫了，老總竟然真覺得好，他抹了抹禿頭說，年輕人會喜歡。創意嘛。

老總不知道，以後素珠坐在報館女廁的馬桶上，都覺得有些異樣。她想像這些馬桶都是老總坐過的，便生起自己正跟那禿頭男人苟合的噁心感覺。在自己家中的廁所裡，素珠卻會幻想著年輕的負離子，坐在馬桶上對她招手。來。烏鴉妳過來。這幻覺讓素珠渾身滾燙，心卻是一點一點冷下去的，好像她正在幹什麼壞事，好像她正在出牆。

罪惡感反而讓她對網上的世界更沉溺一些。素珠在深夜裡上網，那是人們最縱欲的時段。負離子如是說。二十歲的素珠故作天真地裝著什麼都不懂，並且什麼都好奇。深夜敲門的男性輪番問她，結婚了嗎，有男朋友嗎，還是處女嗎。素珠試著迎合（負離子指導她：像你們正躺在床上，男人要什麼，他會給你指示。）。慢慢地她知道了誰期望她是個中老手，誰又在想像她是個靦腆的女孩；他們誰在尋求狂野的高潮，誰又想舔食處子的陰血。

負離子笑著說，這裡就如此簡單，無非只是在滿足彼此的想像。他說烏鴉妳一定懂，妳會找到很多素材，妳會紅起來。素珠晚間談了這些，日裡繼續寫她的《大食祕書豔情錄》。這本來就是很受歡迎的版面，西門五歲的時候，素珠就在那裡連載了她的第一個小說，叫《深閨怨婦情》什麼的，因為稿費可觀，再加上日常的排版和校對，總算解除了她在經濟上的窘境。房東不再三幾個月便來趕人了，也不必因為欠債而三幾個月便給西門換一個托兒所。

西門卻終究陰森森地長大。素珠以為驚怖，孩子陰鷙的眼神，總是像貓頭鷹似的，專注地凝視著什麼。素珠看見男孩脖子上的血痕，以後隨著年月逐漸轉成淡青，卻像是滲入皮層的，她的罪證。素珠對負離子說，她有個同齡的男朋友叫西門。我愛他可我也害怕，他愈狂野愈悲傷；他多麼憎恨一個曾經把他殺死過的女人。

素珠模擬年輕女子的語調，彷彿無辜的，總像下一場輪暴的受害者。負離子體貼而熟練，如蛇一般盤纏上來。他比初識時狂放多了，文字多麼溫柔，幾乎感覺出來那裡面的濕和熱，而省略號，是他語言間斷斷續續的廝磨。素珠耳根發熱，身體的回應如同處女對情人的答覆，總是飢渴但柔順的。她依言褪除衣物，裸體映著電腦螢幕上的光，暗室中但覺蒼白，如剝掉皮的蟒。

有一天夜裡，負離子問素珠：對我，妳如何想像？素珠閉上眼，臉上泛著歡愛過後的紅潮。黑暗中緩緩浮起的是許多年前那男子的臉，下腹便反射性地生起初夜般的痛。

素珠對著電腦哭了起來，負離子終究不知道她當夜的悲傷，但他良久沒有登出，像是陪她靜坐在不斷下沉的傷感中。

只要抽離了負離子所在的世界，素珠仍然對生活感到乏力。屋子像醫院太平間那樣的冷與闃寂。某日她對西門的背影說話。再這樣，不如你搬出去。素珠說了便愣住，那一點不像是她自己的聲音。西門怔在原地，伸出兩手抱著後頸，抬起頭來思索了一陣。很多年了，素珠老覺得西門這慣性的小動作別有含意，手與頸，像在指標她的罪孽。

那一夜，素珠又上網找負離子去。負離子卻稀罕地顯示在離線狀態中。以後數日，代表負離子的那朵小花都佇立在離線者名單中，孤僻地顯現著近乎枯萎的黯紅色。素珠直覺他在，但那黯紅是他的背影，一如西門的紅色利物浦，其實在表達一種執拗的拒絕。素珠便不去敲他的門，她開始有點懂了這個空間裡的規矩；負離子警告過的，不得硬闖，闖進去便會發現裡面只有虛空。

那幾個夜裡，男人們來了又去，素珠以職業性的文字，無聲地勾搭與順從。她的大食祕書凱德琳，徹夜斜倚門楣，舉起錄像機來記載她的豔情錄。素珠昂起臉來直視鏡頭，就像冷冷看著各國男子夜半闖入，向她展示勃起來燙熱的陽具。凱德琳後來在她的日記裡寫著：噢！其實我們都很可憐。

那次以後，素珠覺得西門又離得更遠了些。他們去給男人送殯，母與子，各在行列兩端。西門的孝服是大衛・貝克漢姆在皇家馬德里的球衣，素珠記得他還有一件基丹的。她在行列之末舉目張望，西門那兩年拔高了許多而顯得薄弱的背影，如一張照片飄流在遠處的前方。

負離子再出現，素珠感到親切，也不需要很多語言的逗弄，他們便纏綿起來。素珠在電腦前張開雙腿，空氣裡有愛爾蘭木笛曲牧養的音符，在暗中列隊又散落。素珠情迷意亂，她喘著氣說了很多年沒說過的話。

我愛你。

說這話犯了規。負離子依然像個老手在指引她。還是不說的好。素珠這才稍微清醒，意識到自己站在無人的舞臺上，向漆黑無聲的觀眾席展示裸體。那裸體是行將枯萎的，她覺得尷尬。大食祕書會在翌日的故事裡嘲笑她；凱德琳爬上她的辦公桌，用兩眼曖昧地笑著，卻什麼也不說，只是左手一直在彈指甲。

寫到這裡，素珠的小說再度落入俗套的性愛公式中，大食祕書豔紅的唇印變得像月經瘀血一樣令人厭惡。負離子比她更緊張，連著幾天都追問她出了什麼狀況；是不是因為你的懦夫男朋友。素珠感到心虛，西門不知道她一直在寫這些，也許他只知道母親素珠在小報館當編輯。素珠刻意把許多烹飪書和家庭小百科拿回家，向不聞不問的孩子暗示自己的清白。這些事情，她有時候很想對負離子說，但話凝結在指尖那裡。要是按下去了，會不會把多麼輕巧脆弱的一個年輕小情人驚走？

於是他們轉換話題，談到電話性愛的事。負離子問素珠，烏鴉妳要不要也試一試？素珠有點遲疑，這新點子喚起她的欲潮，如有滿月在勾引。她猜想凱德琳一定會喜歡。那祕書也在慫恿，去吧就一次，他的聲音難道會讓妳懷孕不成？素珠討厭凱德琳的露骨，那是近乎無恥的，像蛇在跟夏娃耳語。但素珠無法回絕，負離子不斷向她討電話號碼。說啊告訴我，說啊烏鴉。

素珠終究禁不住誘惑，如同二十年前，少女素珠在初夜中的無辜與期待。她為此付出過眼淚、驚恐、脫髮、自尊、殺子、悔咎，所以在這夜裡她畢竟比以前多了一份世故，她對負離子說：不，你給我你的電話。

凱德琳在豔情錄裡拒聽新波士的電話，她說這多沒癮，不如一邊看飯島愛演的高校女生，一邊自己解決算了。負離子還教她在小說中加入私人護士五姑娘和部門經理ＳＭ小姐。最重要的是寫得生活化。負離子對這顯得興致很大，只差沒要求素珠把他也寫進去。年輕人什麼都沒放在心上，斷斷續續告訴她許多歡喜之事，原來把馬桶廁板坐壞的就是他，還有一個女孩即將從遙遠的黃金海岸飛過來。

素珠仔細地聆聽，她與他之間的無聲。她十分慶幸，卻掩飾不了那有點痛感的惆悵。那一通電話終究沒搖過去，而只有凱德琳知道這祕密，素珠她畢竟失去了一個純真但老練的小情人。

素珠醒來時發覺自己躺在沙發上。已經入夜，廳子裡燈沒亮，但電視機依然是開著的，有西門的曼聯背影晾在電視機前。素珠坐起來，西門在吃泡麵；電視在消音狀態，西門吃麵卻啜啜發響。素珠眼睛直勾勾地注視著電視螢幕，那畫面裡有一對半裸男女在無人的荒室中廝磨，素珠接近無意識地看著男人和女人，有點想到了該怎樣把驚悚元素灌入她明日的豔情錄。素珠看一眼電視餘光中的西門。那女的是誰，是飯島愛嗎？

明日素珠將會忘記西門是怎麼回答的，也許他根本沒回話。凱德琳站在他們母子之間，用小型錄像機在拍攝素珠睡眼惺忪的臉。素珠無所謂地面對鏡頭，噢時間過得像飛一樣，已經是快四十歲的女人了。西門沒聽見她的慨嘆，那年輕小夥子把大半杯泡麵灌入喉嚨，嚥下去以後，像平日那樣用球衫的左袖揩了揩嘴巴。

素珠把臉浸泡在電視的輻射線中，努力地想像著飯島愛的呻吟。忽然那孩子轉過頭來，向她展示那一張與死去的男人極其相似的臉。

西門問素珠：

妳怎麼了？

妳怎麼睡覺時在彈指甲？

二〇〇五年第二十八屆時報文學獎·短篇小說評審獎

七日食遺

希斯德里是頭尊貴的靈獸，無論對誰都擺出剛剛描述過的這一套狗仗主人勢的招牌動作。牠只對老祖宗一人服服貼貼，牠是老祖宗一人的寵物獸，閒時會趴伏在他腳下舔他腳趾，或者像馬戲團裡的貴婦狗那樣人立著伸出兩隻前掌向主人示好。

第七日。寵物獸已經七日沒進食，老祖宗發了慌，也陪著連續幾個晚上不睡覺。這事邪門，老祖宗只要一百歲不死都有新鮮事，他那號稱什麼狗屎垃圾都能填飽肚子的寵物獸居然搞絕食，這事簡直比我們這與世無爭的蕉風島發生九級地震加奪命大海嘯更像末日的啟示。

老祖宗此刻就蹲在他的工作室裡，幾乎沒跪下來求他的寵物獸吃東西。那工作室向來是沒人敢進去的，一是因為老祖宗打從搬進來第一日起，便已鄭重聲明，那房間從此是我們家的機密重地，除了老祖宗本人以及他的寵物獸以外，即使吾家嫡系子孫如我輩，也一樣擅入者格殺勿論。

老祖宗的脾氣如憋了整個禮拜的宿便既臭又硬，早年的牢獄生涯把他提煉成鋼，真箇是說一不二寧死不屈，鐵錚錚一條硬漢子。當初他來，家族裡的長老級和叔父輩千叮萬囑，說老祖宗聲名顯赫，這輩子幹過無數跟家國民族的命運息息相關底大事，哎呀絕對是可以擺上神龕去供奉的人物。因為這樣，鄉親父老們一再告誡：他老人家要風嘛給風要雨嘛給雨，汝等兒孫小輩無論如何不得忤逆老祖宗的意願，或挑戰其永垂不朽之權威。

這事說好辦不好辦，說不好辦唄其實也不難辦。老祖宗架勢十足，電影裡頭戲班老倌似的說三兩句話吐一口唾沫。那些豬頭炳，我呸。那些冚家鏟，我呸。那些生番薯，我呸。可幸我們家有五千年優質家學淵源，拿痰盂接口水是凡我家子孫三歲起就得修練的基本功，所以老祖宗即便罵到蒸生瓜（呸）、蘿蔔頭（呸）、魚蝦蟹（呸呸呸）……家裡人仍然可以應付自如。

跟老祖宗那千錘百鍊的食譜化罵人藝術比起來，我們全家老幼毋寧更害怕他身邊那隻奇特的寵物獸。說來真不愧是神人一樣的老祖宗，就連養的寵物也超凡入聖，神武得教人望而生畏。寵物獸被取名希斯德里，聽來跟尤利西斯或凱克里斯那樣，充滿了遠古神話的氣質與品味。希斯德里如狼似虎非貓非狗，眼睛是有點靈性的，嘴巴是有點血腥的；表情有點人性，聲音有點野性。這獸頭角崢嶸，四肢發達，見人總是哮天犬似的拉直胸背齜牙咧嘴，背上長毛根根豎起如箭，腳掌的利甲支支鏗鏘如刀，還有那長尾巴九節鞭似的虎虎生風。嗚嗚嗚，嚎嚎嚎。

希斯德里是頭尊貴的靈獸，無論對誰都擺出剛剛描述過的這一套狗仗主人勢的招牌動作。牠只對老祖宗一人服服貼貼，牠是老祖宗一人的寵物獸，閒時會趴伏在他腳下舔他腳趾，或者像馬戲團裡的貴婦狗那樣人立著伸出兩隻前掌向主人示好。這頭獸的馴化令老祖宗引以為傲，然而他顯然不希望讓別人看見希斯德里的另一面，他把希斯德里養在工作室裡，這就是大夥兒天大的膽子也不敢進去那房間的第二個原因。

有個天才說過好奇心可以殺死一隻貓，是的沒錯。老祖宗見多識廣遍歷風霜，他讀過書練過武，搞過革命扛過槍，住過森林採過錫礦，碰過政治辦過華校，坐過牢受過傷；馬來話印度話英語日語華語廣東客家潮州福建，人話鬼話什麼語言都懂一點點。誰都知道這蕉風島沒他便不會有今天這太平盛世。然而智者老祖宗千防萬防卻不知家賊難防，他居然不曉得這時代有針孔攝錄機這咚咚。東西是今年大選剛獲得人民委託的前色情兼盜版光碟批發商，今國家內部安全事務部旗下情報局總監，尊敬的議員（加皇家勛銜若干）先生所提供。議員先生萬不得已，畢竟我們家老祖宗是個有極高知名度，超強組織能力、號召力、攻擊能力，更兼厚厚一疊嚴重妄想症病歷表的危險人物。為了國家及老祖宗本人的安全起見，他回歸後起碼還得監守行為十年八載，以確保本身已跟恐怖的極端左傾祖國主義撇清關係。

說是因為好奇心作祟，到底是為了那頭獸。牠太炫太耀眼了，超酷的使喚獸，比亞馬遜巨蟒或瀕臨絕種的紅毛人猿更窮奢極侈。那稀世物種是再多的皇家勛銜也換不回來的。也只有我們家老祖宗和寥寥幾位尚在人間的別人的老祖宗，他們活得夠老且這輩子參與過的大事夠多，正如我老祖宗曾經九死九生七擒七縱，到有一天他功德圓滿，便會被賜與一頭寵物獸，就像某時某日總會有某國因其行為良好而獲得發配一對熊貓圓圓扁扁或四四方方。

有了希斯德里，老祖宗的滿腹苦水與牢騷便有去處。哎呀，牢裡頭曾騎在巨冰上接受拷問，把老二他凍得神經僵死；山裡頭捱過餓殺錯過人，有人養鬼仔有人施降頭。這一切精神與肉體的折磨，老祖宗從此可以全部轉嫁到寵物獸身上。老祖宗說呸，牠是我的要你管？

這寵物獸的身世與習性都是祕密。據說牠最初只有拇指般大小，蠕蟲一樣沒有面目與四肢。大夥兒平日總不見老祖宗給牠餵食，也沒看見老祖宗帶希斯德里到草地放牧。無葷無素，沒水沒奶，難不成希斯德里只吸食日月精華？果然事情很蹊蹺，向老祖宗打聽過的人都被噴了一臉口水花，老祖宗說呸，你們這些二世祖打靶鬼，吃飽飯沒事幹。

老祖宗不了解這些後殖民加窮極無聊的新新人類。他越是神祕兮兮古靈精怪，便越是容易激起公憤引來鬥爭。於是全電腦操控的針孔攝錄機馬上啟動，數碼化遠攝鏡頭調整焦距，由天花板的高角度巡視老祖宗的工作室。在那平面圖裡，老祖宗除了吃飯痾屎便極少離開，尤其近日他正趕著寫英文版自傳和中文版回憶錄。那是十萬火急的大事，但凡被稱作老祖宗者，都必得趕在老死之前為自己的一生畫蛇添足，否則其生命再豐盛也終將殘缺。我老祖宗要是百年歸老沒那樣的一本書陪葬，便像老太監死了沒寶貝入殮，那叫死無全屍，必不能入土為安。

老祖宗這把年紀嗅到了棺材香，時間是不等人的，再說別的老祖宗也在寫他們的回憶錄。這不得了，就戰略而言，誰第一個出這書具有複雜的意義和決定性的因素：它說明幾位老祖宗的功績孰多孰少，而且市場學上叫「先入為主」，對接下來攻占市場勾成關鍵性的影響。為爭飲這頭啖湯，老祖宗們誰也顧不得當年誰兵誰賊誰主誰副，大家拚了老命，每天把二十四小時騰出四十八小時來，寫他個日月無光蠟炬成灰。

關於誰該第一個出書，我家老祖宗非常介懷。平面圖裡只見他一邊寫一邊罵，反骨仔（呸），發瘟狗（呸），拆白黨（呸）。基於醫學理論上某種人體和心靈的反射性效應，可以想見以後老祖宗的回憶錄必將出現上述人名，並且很有可能成為某些反派奸黨的代稱。

再說我老祖宗寫自傳，那是左手方塊楷體右手英文草書，兩手齊下筆走蛇龍。阿拉媽，果然是我後殖民與多元種族百年雜交配種的天才老祖宗。看來他年輕時早有預感，工作室內堆滿了舊書信日記照片黨冊剪報等出土文物，四處有老書與舊報紙苦苦待命。書桌上孤燈投影，熏起一層前朝情調；老祖宗後顧前瞻右思左想，像一隻破古董在思索自己的身世。

這樣一小時兩小時，連高科技攝錄機都因為睏倦而開始眨眼了，老祖宗猶且不知人間何世。負責監視的人漸次離座，只有很少數心電感應特別強烈，或藝術觸覺特別敏銳的，都被沉浸在悲情中的老祖宗深深感動。看他時抬頭時低首，臉上的神情時激昂時黯然，再說兩手的動作充滿節奏感，哇噻只要加一支命運交響曲進來，活脫脫是一個世界級的音樂指揮家。

要不是工作室裡有誰放了一長串響屁，監視群差點忘記了希斯德里。為牠我們甘犯大不韙，而此時那頭靈獸感知被需索，面對鏡頭伸了個懶腰。牠始終無所事事，老祖宗伏案疾書的時候，牠便在那些舊書報堆砌的圍城內來來回回地走。偶爾像發現了生命底空洞似的委頓在當地；有時候其主推開牠的巨臀拿一張舊剪報，有時候把牠滴落在某書籍封套上的夢遺揩去。

毫無疑問，希斯德里這模樣很痴呆，牠一定餓壞了。

沒過多久，我們便知道旁觀者的憂慮實在多餘。老祖宗餵食有時，他甚至給希斯德里編訂了營養表。原來只等時辰一到，掛在神獸喉間的吊鐘自會噹噹作響，老祖宗便放下筆，把早已為希斯德里準備好的午餐拿出來。

當時監視群中無人意會，直至老祖宗低下頭來喃喃自語，如背誦餐前的主禱文——塵世短暫，他媽的我的陽壽有盡時；希斯德里你的生命將作永恆。到那一天你這不死神獸要告訴世人你主的血淚與榮耀；告訴我兒孫曾孫曾曾孫，他們的老祖宗雖肉身已滅惟精神長存。

這篇禱詞讓緊盯螢幕的監視群集體打了一個冷顫。我老祖宗唸它時陰森森惡狠狠，希斯德里被他欺近來的臉部大特寫嚇得夾尾巴閃一邊去。老祖宗不再怠慢，他如此小心翼翼豢養寵物獸，善待牠，為牠南搜北挖東挑西揀。嘿嘿希斯德里你過來，給我把這些全部吃下去。

且在這裡如實報告：希斯德里那一頓午餐吃去某工黨歷史圖冊一本，要封面不要封底。獻詞刪去三段半以後剩下字數四百餘。書中的圖片因重複性過高而大幅節約；凡有對頭陳某，叛賊張某或走狗吳某亮相，因食之無味故一律丟棄。工黨組隊大掃除的紀錄斟酌裁剪（呸，我們拿槍博命你們在撿狗屎）；鎮暴隊揪人衣領扯人頭髮的多重拍攝，這餐吃不完嘛下一餐再吃。那圖冊原本四百多頁硬皮封套全彩印刷，交給希斯德里時卻已有屍無骨有血無魂。神獸舔了舔嗅了嗅，扒兩扒碰一碰，眼睛像魚之將死翻了翻肚，哎喲那模樣實在像老妓擘腿內外麻木。

在其主子我老祖宗的睥睨之下，希斯德里叨住破書費勁咀嚼。牠在過程中數度停頓，露出一種呆滯卻相對厭世的眼神。老祖宗等得不耐煩了，他察覺到希斯德里的不情願，於是他擺出神獸主人恨鐵不成鋼的高姿態。你他媽的希斯德里，你怎麼就跟俗人一樣愛吃毒素。你他媽沒聽我說過多少次，那些有害染色素（呸），那些會致癌的防腐劑（呸），那些無益的調味料（呸），還有那些基因改造過的隔夜屎！

經老祖宗如是催促，希斯德里不知是怯於淫威呢，抑或省起自己的天職。牠馬上抖擻精神，跳起來屁股抬高四足盤地，嗚嗚嗚，嚎嚎嚎，連吃奶之力都豁出去了，一味催動頸項和喉部的神經與肌肉，擠啊擠壓啊壓，只聽得喉頭咕嚕咕嚕，一部爛圖冊總算被希斯德里的食道擠擠弄弄地推送到胃囊裡。

於是我們知悉了老祖宗與寵物獸之間不可告人的祕密。那工作室根本是一座糧倉，希斯德里像一隻生於屎死於屎的寄生蛆，日日夜夜寄生在那些舊得要發霉，還釀出一股酸餿味的資料堆裡。老祖宗要飼養這寵物還真不容易，以後看他的回憶錄有蠅頭小字記載：「此獸胃囊奇大，又能分泌硫酸，任何爛銅鏽鐵狗屎垃圾均能消化。」就說嘛，難就難在這點上，老祖宗知道食量大消化能力強，可不等同營養均衡身體強壯，堂堂一頭神獸仙物，膳食上總該有點品味。

監視群中沒幾個想得通老祖宗的用意，那些布滿灰塵的廢紙可不比銅鐵狗屎好多少。拿寵物獸剛吃下的圖冊來說，裡面很多圖片分明用電腦動過手腳，黑白照上老是泛著一層虛偽的鏽黃色，還有濾色鏡加工的「夕陽無限好」或「血色大地」之類的情境，加上鉛印油墨有致癌成分，老祖宗啊老祖宗，這像過期罐頭一樣不衛生。

想歸想，這事不好說，說了會天打雷劈。老祖宗在人世有近百年的經驗與榮寵，真箇是可殺不可辱，所以父老輩才會戰戰兢兢畢恭畢敬，早有訓令謂：不得挑戰吾家老祖宗永垂不朽之權威。老祖宗以為好，汝等黃毛小子青頭烏龜只該相信不該反駁；你祖要有三長兩短，便整個家族沒憑沒據無依無靠，只有打返原形，回去抱人家五千年的老飛毛腿。

是是是。那些日子我們見證希斯德里嚥食了回憶錄三部，人物傳記四本，圖片集兩冊，古地圖一大張，舊報紙兩公噸，舊書信兩大捆，年月日期不連貫的日記本二十三冊，中英巫文版學術論文集十餘部，絕了版的本土小說創作若干，另有會議紀錄參雜筆記本各項。所有「食物」先被老祖宗仔細消化過。噚噚噚這些話胡說八道，哦哦哦這人的話一成都信不得，錯錯錯當年的事我比他清楚，呸呸呸老臭蟲死走狗。

可憐的希斯德里看來食欲不振，牠每一次都得費好大的力氣去完成進食的任務。牠把主人的施與反覆咀嚼終難下嚥，彷彿口腔裡銜著的是變硬變酸的香口膠，論淒涼哪，似乎比吃狗屎猶有過之。可憐的希斯德里每次完成了吞食，牠的氣色與外形便會產生變化。天呀，牠變得跟老祖宗有點像，尤其是兩眼一眨一眨，眼神變得更細緻更複雜。監視群為此納悶，他奶奶的這叫人性化。這情況千萬個不好，有了這雙人類的眼睛，神獸豈能再極目千里眼觀八方？有個心電感應最強烈的我輩衝口說了一聲「屌」，嘿嘿這畜生成了一塊活動殖民地。

噢。老祖宗倒是甚感快慰。其時他的自傳與回憶錄皆已近尾聲，寫到被日本人槍傷的事蹟時，希斯德里的後腿無端端長了一顆會疼的肉瘤；而寫完了扣留營生涯，老祖宗喜孜孜地摸著了希斯德里那一對被凍壞的睪丸。

老祖宗給希斯德里檢查睪丸的一幕很噁心，似乎因為這樣，偷窺者忽然對神獸失去了當初的情衷。家族的各個小圈子如此流傳：殘廢（屌），性無能（屌），偏食者（屌）。神獸與老祖宗毫不知情，他們關在密封的工作室裡，兩者都逐漸顯得暴戾和厭世。老祖宗收集的資料與文獻，經肢解剝皮拆骨或甚至剁碎後，該扔的都扔了，沒扔的已被希斯德里吃得七七八八。工作室裡什麼都沒了，連空氣都似乎變得稀薄，希斯德里晝夜咆哮不停，老祖宗寫得兩眼睜不開幾乎失明。

事情的轉折就在老祖宗擲下筆的那一刻。他們一人一獸對視一眼後，忽然一起張嘴打哈欠。那還得了啊，彷彿工作室裡剩餘的空氣突然全部被抽離，兩個蠢材六腳發軟眼前一黑，都一起歪歪斜斜跌跌撞撞地倒下。轟隆隆。家族裡每一個人，都心下一沉嗚呼哀哉，以為世界末日要到，地震海嘯終於來了。

老祖宗醒來時證實雙目已盲，他努力摳掉眼垢，發現我們家族的這一代流行著把成串陽性生殖器掛在嘴上。他們說你的獸睡得像條殭屍（屌），可憐得像條狗（屌），懶得像條豬（屌）。老祖宗沒空理會這些髒嘴巴對希斯德里的褻瀆，他被告知寵物獸自倒下去以後一直間歇性地腹瀉與嘔吐，獸醫來診說沒輒便舉薦了心理醫生和茅山道士。老祖宗聞言急得滾下床，三步跪七步爬蹭到希斯德里身邊去。

寵物獸希斯德里絕食第七日夜裡，監視器操控室內留我一人獨守。針孔攝錄機啟動紅外線夜視功能，從高處凝視。老祖宗抱著希斯德里說，這事不對勁，這事沒道理。畜生你得千秋萬世我才能雖死猶生；你要修成正果還得把這兩大部中英文上下集回憶錄加傳記，全部給我吞下去。

寵物獸忠貞一如往昔，牠把吞進去的吐出來，又把吐出來的嚥進去。如此周而復始反而覆之，最終喉頭的吊鐘忽然狠狠地緊密敲響，哐啷哐啷叮叮噹噹，如是老祖宗的兩部曠世之書連封套帶裝訂全給牠原原本本吐了出來，連牠那一對悲情得不合時宜的眼球也被擠壓得滑出眼眶，緩緩滑落到地上。

我們都記得第七夜之後老祖宗離奇失蹤。尊敬的情報局總監多勛衛先生到我們家回收工具。他說操你老母的死機臭機爛機，居然在至為關鍵的第七天夜裡發生故障。為此皇家勛衛先生將終生遺憾，好死不死偏偏漏掉了你們老祖宗被寵物獸吃掉的那一幕。聞言，我家族屌聲四起老少咸宜，他們說老祖宗哪是被吃掉了他這叫割肉餵鷹捨身成仁，要不希斯德里何來今日的榮耀與永生？

我們家族每一個人都是受益者。如此便好，我不多說。第七夜以後希斯德里曾入夢來留話，說回憶錄加自傳的全部版權收益歸我所有，而我在禁地揀獲的兩顆乾癟睪丸可留作紀念。那可是比回憶錄更重要的東西，暗夜中它們如舍利子幽幽放光，也像希斯德里的眼珠一樣，蘊涵了說悲情故事的才華。

這我當然懂，我是家族裡心電感應最強烈的一個。因而我將與老祖宗及寵物獸成為一體，謹守我們父子靈共謀的祕密。在此，我高舉一對睪丸為誓，那角度便跟第七夜的攝錄機一樣，它親眼看見老祖宗四肢著地，像一頭獸似的匍匐著爬行在紅外線光束裡。

老祖宗撿起希斯德里遺落的眼球，也以此立誓。他，我們，將圓珠體吞食。

二〇〇五年第二十七屆聯合報文學獎・短篇小說評審獎

假如這是你說的老馮

你知道那個人未必真叫老馮，但你還是向我提起過，他叫老馮。而我也相信眼前那人正是你說的老馮。要命的是他也侃侃地說起了那相似度奇高的，老馮的故事。他是一邊喝著小酒一邊說的，你知道現在有多冷的天，酒精讓他赤色的臉又更紅了些。

你說的一切特徵，他都有。我幾乎馬上想起你提到過的，你說那人叫老馮。我不知道這是怎麼回事，怎麼我就以為他是老馮了。是因為他腳上那黏滿泥土的皮鞋吧，也是因為他赤色的皮膚。眉很濃，叫我想起南洋那裡日晒雨淋的野草叢。我還注意到他的牙齒，果然闊嘴巴咧開來白晃晃的，結實如兩排飽滿晶亮的玉米。嘿嘿嘿，嘿嘿嘿，他老這樣笑。唇有點蛻皮，整個人看起來很乾燥，我覺得像是在北風中年年復年年晾著等待風乾的，好大一塊臘肉，吧。

我也是在火車上遇見他的。你知道只有在硬座車艙才會碰見這種很像老馮的人。我要去北京，他可能要更往北走，我打量他腳下的大麻袋，脹鼓鼓沉甸甸的，像聖誕老人。猜想是從城裡買了許多有的沒的吧，一派的衣錦還鄉。

果然，他就像你說的老馮那樣健談。我不明白怎麼讓他逮到機會打開話匣子，我以為自己已經很努力裝出正在專心看書的樣子，然而沒用。這完全像某種定律，好像總會在這種北上的長途車子裡遇上老馮那樣的人，然後被他不太知趣地打斷你的閱讀或沉思，抑或是你和朋友之間的談話。叫人不解的是，似乎每一個人生命中的某個長途行旅，都必須出現這麼個人。好像我們其實都在冥冥中等待著的，被一個從「另一個世界」來的人闖入，再被他那些聽來乏味的話題所吸引。然後你一邊半冷不熱地反應著，一邊觀察他，像孩童時站在籠子外面觀察那些猩猩或長臂人猿。

你知道那個人未必真叫老馮，但你還是向我提起過，他叫老馮。而我也相信眼前那人正是你說的老馮。要命的是他也侃侃地說起了那相似度奇高的，老馮的故事。他是一邊喝著小酒一邊說的，你知道現在有多冷的天，酒精讓他赤色的臉又更紅了些。我已經闔上書本戴了耳機在聽ＭＰ３，但那人視若無睹，依然喝一口酒說幾句話。我沒指望他能說出更精采的什麼來，都是那些，他似乎已在這列車上向陌生人敘述過無數遍的往事。當兵的時候怎樣怎樣，娶老婆時怎樣怎樣，在鄉里當主任時怎樣怎樣，後來又如何如何。就是這些了，幾乎如出一轍。我聽著開始感到擔心，不會吧，難道這人真是你說的老馮。

怎麼會呢。他也從大麻袋裡掏出一個汽車模型，塞到我懷裡要我看仔細，那是他給一歲多的孫子買的禮物。我不敢說被他的熱誠打動，更大的可能是我希望能讓他安靜片刻，於是我老老實實地端詳那怎麼看都很不怎麼樣的汽車模型；你可以想像的，做工粗糙、色彩鮮豔得像油漆未乾的一組塑膠，很大塊頭。嘿嘿嘿，嘿嘿嘿。他眯著眼在笑，像在炫耀他剛買的法拉利。

這就是了。你也許會有同感。像老馮這種人，不管告訴你什麼都有點炫耀的味道。譬如他的那些往事，在隊裡拉練時怎麼了得，到現在他的身體有多麼結實，營長把女兒許給他是鐵那樣的事實。即便說到那些你頗不以為然，甚至以為不太光彩的事，他依然說得眉飛色舞，濺出來的口沫星子都閃閃發亮。

我想我會比你更要困惑一些。畢竟我在這些列車的旅途上頻頻與類似老馮那樣的人相遇。以前會碰上一些年紀更大的，老得掉了牙齒再掉渣；如果姓馮，我會叫他馮老，並且要一直不得已地對他保持著尊敬和景仰神情的那種，老。讓我疑惑的是，馮老與老馮竟無顯著的差別，一樣的大咧咧，無論說起什麼都精神奕奕。打日本鬼子時怎樣怎樣，打國民軍時如何如何。而除了自己的往事以外，他們一無所有，便只好把那些人那些事說得鉅細靡遺，日期時間人名地點，彷彿在娘胎裡已默記好的三國故事。他們說起這哥兒那鄉里，連名帶姓，就那個某某啊就是他嘛。好像他說的是你也認識的張飛或諸葛亮。

而你想必很快發現，老馮並不認識諸葛亮或張飛。他知道的是演義裡的三國，或戲臺上伶人們濃妝豔抹說唱的三國。老馮不會知道那是戲言，他不知道自己過去一直活在偏史或野史裡，所以才會把自己的人生說得像編造出來那樣的精采。我摘下耳機，饒富興致地看著這個長得很像老馮的人，看他那一身半新不舊卻顯然有點過時與髒的粗呢西裝。我在想他會不會是那些馮老們的兒子呢。仗沒打了田沒下了，一代一代到這列車上來說書。以前那馮老是怎麼說他兒子的呢？大概是半帶自嘲半帶自誇地，說那小瓜長得有多大多俊一個。

這貌似老馮者也是這樣對他遇見的陌生人這麼說的。兒子把人家未成年的女孩搞大了肚子；兒子入伍後偷隊裡錢當逃兵，又因為泡網巴被逮住；兒子書沒念成像樣的事沒幹過幾樁，酒量卻很驚人……這些事在他口裡出來，因為臉上的神色喜孜孜，儘管細碎，卻似乎都很了不起。

有一段路上，我因為出於好奇或某種迄今尚未完全釐清的同情，確曾托著腮專致地留心聽講。那個像你說的老馮樣的人，侃侃說著與老馮的故事十分相似的經歷。總結起來，就是我們後來在文學裡說的，人生。這可是個沉重的命題，我眼前的人卻十足老馮那樣，說得舉重若輕。我很快厭倦了那種單調的陳述，儘管他努力把許多細節都挖掘出來，撣給我看。可他又能有什麼呢？他愈要撣你愈覺得他寒傖，便愈是不忍聽不忍看。這算什麼故事呢，我朋友在從廣州到青島的列車上已經聽過一回了，我或許也曾聽過三番兩次，聽了然後忘記。

我也不否認自己其實有點懼怕像老馮這種人。我就是無法把他正確地嵌入到這個時代裡。這個時代，你明白，我說的是我們的時代。怎麼就有人在你漫長而寂寞的旅途上告訴你一些湮遠而你已耳熟能詳的事。他說得那麼認真，就怕你忘了他所篤信的歷史，怕你不曉得這世上有一種你不可不相信其美好，又不得不質疑其荒謬的真實生活。

我試圖把話題導向更接近我的世界的，他的今日。說深圳吧，或武漢，那些他去過打工的地方。這下那個像老馮的人便語窒了。簡直就像是被揭穿了他其實不是老馮似的，本來炯炯有神的眼睛頃刻間萎靡下來。他在南方的城市打工已頗有些年月了，但他對那些城市幾乎一無所知。這真是奇怪的事，這人有能力把自己說成是歷史大機械裡的一枚螺絲，卻無法說出自己和那些城市的關係。除了老闆人不錯之類的細碎話以外，那人便只有猛眨眼和猛喝酒，或者若有所思地看著車窗外，就像我之前裝著專心看書的樣子。

我當時就知道自己犯了錯。我不知道你的老馮後來是怎麼停止說話的。很可能是說累了，睏了，仰起頭來打呼嚕，一直到你下車時他還沒醒來。我這邊呢，那人在入睡前有好長一段時間都在獨個兒喝悶酒。這樣的他讓我覺得既尷尬又沒趣，於是我再戴上耳機，重新投入到我讀了好幾個旅途仍讀不完的《秦腔》裡。有時候我抬眼看看那個我越來越相信他就是老馮的人。果然如你所說的，他扯開一包餅乾或拿出一包桔子，豪氣地分給身旁的每個人。直到他睡著了我才開始懷疑，關於老馮的事也許不是你對我說的，也許是某部大陸的電影裡有過一個叫老馮的人，也許是小說裡有。聽說賈平凹的下一部小說就寫這個。老馮，或類似的。

我在北京車站下車時，那個像老馮的人已經醒來。他摳著眼屎說些道別的客氣話，還迭聲叮囑我下次到他那裡時記得要去找他。我看他忽然記起些要緊事似的，一邊說一邊慌張地把兩手伸到衣袋裡翻找什麼，紅臉有點泛青。找什麼呢你。那人訕訕笑起來，嘿嘿嘿，我怎麼又丟了自己的名字。

◆後記

是的，我問過了。雖然有點遲疑，但終於還是鼓起勇氣。我問，你，是不是老馮？

那人怔怔地呆視著我，三秒鐘，或者五秒，說不出有多茫然。後來似乎是因為感到了我眼神裡有很殷切的鼓勵的意思，他嘿嘿嘿點頭，好像不真的認同但無所謂自己究竟是馮京抑是馬涼。就那種你和我都始終忘不了的神色，像是在說，嘿老兄，隨你怎麼說就怎麼著。

此時此地

那些夜晚，他彷彿失去自己的真身，僅僅在別人的夢境裡當個不需要名字的路人。

因此，何生亮忘不了第一次接聽Winnie的電話，她一上來便問他的名字。這讓何生亮措手不及，他甚至受寵若驚，而只因為如此，何生亮就認定那女人獨一無二。

你看你。

是啊，看你。

女人抬起頭來看了一眼。飛快地，就一眼。茶室裡所有結伴而來的人都在交頭接耳，只有坐在角落頭的男人，在停掉的掛鐘和一幅褪色的十字繡下，獨自嘆茶。

男人被取名**何生亮**，是個換裝癖（曾經也是個陽痿病患，一個自戀狂）。反正，是這小城無數不為人知的殘疾人之一。名字是女人取的，她對這名字很滿意，**何**，**生**，**亮**。你看你，身上的T恤洗得發白，領口變形，兩隻袖子被洗衣機絞得長短不齊。看你這幾年吃撐了鼓脹著三天兩頭鬧便祕的肚子。看，你額上撤退的髮線，你的黑眼圈，你晾乾在嘴角的唾液和牛奶泡沫；你的萎靡，你的老。

彷彿女人的目光灼人，何生亮注意到了。他反射性地翻起眼球，回瞪。

何生亮從未想過要給這女人取名字。茶室裡人很多呢。但他很久以前就留意到了有這麼個長得像老姑婆的女人，常常交疊兩手，像個特務似的坐在那裡打量每一個人。這女人怎麼就硬生生把自己給坐老了呢？何生亮有點惋惜，明明是面目姣好的女子，不過是稍微肉感吧，卻就那樣從水質充盈的嬰兒肥坐成了一座癟掉後套上幾個舊輪胎的老沙發。

你看你。反反覆覆瘦身過後又回彈，已經被肥胖紋淹沒的皮肉；看那從夜市場買來的容易脫色和失去彈性的廉價衣裙；看你的目光吞吞吐吐，看你把自己折騰得一臉愁苦。何生亮就那樣毫不忌憚，拷問似地瞪著靠另一面牆而坐的女人，並且，終於把她看得低下頭去。女人顯然有點慌，遂拎起吸管拚命戮她那玻璃杯裡剩餘的奶茶和冰塊。

看，你把自己折磨得神經兮兮。

約好的人說三點三見面。自從午飯過後，何生亮就感覺到時間有點停滯不前。他背後的牆上有一臺看來歷史悠久，但已靜止多年的掛鐘，一直就停在三點三。何生亮和女人可都記得這木盒子裡的時間也曾經正常運轉。鐘擺是會左右晃動的，那圓盤上兩支雕花的指針像長著長短臂的人猿，會攀著不同的羅馬字變更手勢。何生亮記得它那沉沉的鐘聲，女人甚至記得會有報時鳥從盒子裡蹦出來（儘管它現在看來不像有那樣的裝置）。然而如今兩人都說不清楚這鐘什麼時候停擺，似乎光陰裡雜質太多，拖泥帶水的。走著走著，便逐漸淤塞在木盒子裡了。

•••

何生亮當然沒有換裝癖，再說他也不是何生亮。但有些事被他看穿了，譬如說，那幾乎天天與他在茶室裡碰面的，確實是個四十二歲了還沒嫁出去的女人。但女人誰會喜歡被稱作「老姑婆」呢？你不如給她取名**雲英**吧。這也是個很讓人得意的名字。女人要是能選擇，想必也會覺得這比她的本名好些，聽著沒那麼平庸。

所以她在電話裡，用很重的鼻音說，我是**Winnie**。

何生亮是那樣想像的。那個經常在凌晨三點多撥通撒瑪利亞熱線的Winnie，就長得像這猛用吸管戮冰塊的女人一樣。何生亮在自己的小本子裡如此記錄，「Winnie是個佯裝自殺者」。這女人頻頻在夜間出現，讓他這陣子一直幻想著一個患嚴重失眠症的女人愛上電話裡的陌生人的故事。而即使他基於某種莫名的良知與操守，刻意把女主角Winnie想像得模糊些，可每次在茶室裡與雲英照面，他仍然會被一種超越他所能期待的真實感，深深地震撼。

雲英，你不知道自己正在扮演何生亮的Winnie。那女人的聲音聽來有酒醉的味道，鼻音重，腔調慵懶。何生亮覺得這聲音和那含糊不清的咬詞暗示著說話的女人有兩瓣厚唇，這多麼誘惑。只是Winnie不會發現自己的性感，她在電話裡哭訴自己人老珠黃，「被男人玩殘了」。Winnie說她白天起床看見鏡裡的自己，便會想也許就是今天了，今天應該死去。

Winnie在電話裡說了很多事，卻不曾提起過這茶室或每天三點三的下午茶。她說她不如意的婚姻，忤逆的兒子，說她老想像著每天載她上下班的計程車司機終有一日會在車子裡向她求愛，並叫她別在夜店幹活了，要她以後安分過日子。「可是都三年多了，他從泰國買來的老婆下個月就要生第二胎了。」Winnie說到傷心處便會語無倫次，何生亮聽到她在電話另一端打嗝，擤鼻子，嚥下自己的眼淚。

這些事情，雲英怎麼可能知曉呢？她只是一個每天下午從律師樓裡竄出來喝一杯冰奶茶的女書記。她每天都在抵抗炸芋角，鹹肉粽和咖哩麵的誘惑，卻又因為覺得短短半小時不知該如何打發而別無選擇地到這裡來，繼續抵抗她所喜愛的油香，再花一點時間思索那一臺掛鐘停在三點三的喻意。這茶室和這鐘一樣古老，雲英小時候每逢星期日都會像做禮拜似的，被父母拉扯到這裡來吃早餐。彼時何生亮也只是個孩子，夾在兩個長得像洋娃娃的姊妹之間，面目總是被母親修整得黑白分明，過分地乾淨。

那時候掛鐘還在走，鐘下的何生亮濃眉大眼，小口小口地吃他的炸魚丸。

雲英看不見，但她知道自己當時長得有多寒磣。一頭焦黃的短髮疏落稀薄，又被母親拿裁縫用的大剪刀撕扯得參差不齊。她上小學時骨瘦如材，每天和她那天生爆炸頭，皮膚黝黑身上多毛的表妹結伴上學，總是一起被同學嘲笑與排擠。那時候何生亮是她們的副班長，常常和幾個優等生坐在一塊，似是十分矜貴，偶爾轉過臉來橫眉眾生。雲英要在以後成為少女了，她回想起來才感覺到那目光裡有一種輕蔑的意思，也才逐漸感到受了傷害。

而這些事，坐在那兒的何生亮又何嘗知道？他本來就不是雲英所認識的那個何生亮，他從小到大都沒當過副班長。事實上，雲英多少次悲哀地想到，那些畢業後沒再見面的小學同學，大概都不可能把她認出來了。雲英在少女時便莫名奇妙地發胖，猶如被詛咒似的，從此再沒真正地瘦下來。而她的頭髮也同時暴增，變得十分濃密，幾乎像表妹兒時的爆炸頭一樣壯觀。這失控的身體髮膚讓雲英感到膽怯和愧疚。難道只因為她過於祈求，上帝就罰她過度擁有？

問題是，雲英以為這懲罰本身有一種惡作劇的意思。它不那麼認真，沒一點慘烈，毫無痛楚。像把青蛙扔到冷水鍋裡慢慢煮，讓受罰者來不及察覺那是一種煎熬，也沒意識到自己正在受苦。

因為這僅僅是惡作劇，雲英又覺得上帝一直站在排擠她的孩子那一邊。

因此，上帝要比她想像的更殘忍些。

• • •

正如童年時覺得時間過得很慢，長大後卻不得不嘆喟光陰如梭一樣；兒時覺得很大很好玩，總有無數新鮮事的小城，如今只會讓人感到百般無聊，又小得處處碰壁。何生亮和雲英一樣，才半小時的下午茶時間短促得讓他感到窮途末路，無處可去；可每天三十分鐘又長得叫人不知該如何消磨。不知始於何時，何生亮發現這半個小時是一種累贅，彷彿無端端地，每天變成了二十四小時又三十分鐘，而且這多出來的時間像個不大不小的瘤，長在白晝三四點之間，無法抹煞，如同長在日子的臉面。

他當然也去過別的店，偶爾也會相約三兩個還聯繫著的舊同學。只是大多數時候，大家都在忙別的事，或約見別的人。他別無選擇，只好又獨自到這老茶室，吃他始終覺得不怎麼樣的糕點，嘆一杯「幾十年來城中最好的」咖啡。

後來，何生亮還會在這不受打擾的時光中，忍不住回想昨晚Winnie在電話中的囈語和哭泣。Winnie你喝多了吧，Winnie你失眠嗎？Winnie不如你去洗把臉。那女人似乎酒醉卻又十分老練，又哭又笑，對著話筒唱起噓氣的歌來。

Make someone happy
Make just one someone happy
And you will be happy too

於是Winnie在何生亮的臆想中是一個韶華逝去的酒廊歌女，因為年輕時縱情過日子，不事保養，爾後自暴自棄，而今或許會比同齡女人更顯得老態一些。可她的歌聲依然濃膩，如仿冒的香水摻了真茉莉，如咖啡裡有鮮奶和威士忌。

何生亮自覺不道德，但抑制不了想像著自己有一天出現在Winnie獻唱的歌廳裡。Winnie自然不可能知道這就是每天夜裡和她談心的男人，她在那些畫面中用患了感冒般的聲音在唱爵士，讓某人快樂。何生亮說不出來Winnie的容貌身段，只覺得歌者在不斷溶化的視野中看來意態撩人，像臺上的一叢野火。

所以他其實挺抗拒看見雲英。這女人太過真實，毫無詩意，叫人不得不承認Winnie這人物的虛妄。而且她每天都坐在那裡，一如下午茶時段那樣地不容忽視。這多無趣，就像發現網上打得火熱的情人居然就是自己家裡的老婆。何生亮愈想愈不免對生活感到洩氣。雲英，你看你。

而雲英確實不懂浪漫，也不會唱歌。她這些年跟同事到KTV都很少開腔了，大家幾乎忘記了她也曾有過像鄧麗君那樣甜美的嗓子，那樣可憐楚楚地唱「把我的愛情還給我」。表妹以前常笑說那是她的首本名曲，於是多年前在表妹的婚宴上，她被眾人推搡著上臺唱了一遍。雲英那次特別緊張，所以唱得莫名地糟糕。她忽然感覺到自己又被上帝和祂的夥伴們愚弄了。唱完以後她特別激動，甚至在婚宴後回家的路上，為這個在計程車裡嚶嚶地哭起來。

雲英，雲英啊。

聽，那在黑暗裡呼喚她的，永垂不朽的聲音。

家裡那痴呆症日益嚴重的老母親如今只記得住雲英的名字。雲英覺得這真不合理，母親連那折磨了她大半生的丈夫都可以從記憶中刮去，卻像有幾世恩仇似的牢牢認住她一個。雲英雲英雲英雲英雲英雲英。雲英多希望家裡有個房間可以好好地隔音，讓她得以安靜地坐在夢裡看完自己的一整齣夢境。她的那些夢像貯藏間一樣凌亂，又像吸血鬼一樣見不得光，早上睜開眼便煙消雲散。然後她會發現房子外面充斥了清晨的各種聲音，但房子裡一片死寂，只有母親緊守不放的兩個發音，雲英，雲英。

• • •

這一切跟Winnie毫不相干。她知道自己不真的就是Winnie。撒瑪利亞中心裡的其他志願者對何生亮說，他們都曾經在最初值夜班的時期，遇到過喜歡在凌晨三點鐘打電話來的女子。儘管他們不需要對方留名，但女子曾自稱Vivian，Joan，或者是Sophie。

有一位同事回憶說，他去年遇到的女子名叫**雲英**。

何生亮並非不相信大家的話，可是他明白自己骨子裡依然堅信著Winnie就只是Winnie而不是其他。難道別人的Winnie也會在電話裡唱歌，也能讓某人快樂嗎？難道說，他們的Winnie也有兩片豐唇和一張失血的臉孔？而這些人，難道也會在聽Winnie沉著嗓子述說傷心的故事時，感到小腹發熱，並有射精的衝動？

何生亮把這些疑問寫在自己的小本子裡。他再沒有在中心用的記錄本裡寫下Winnie的名字，也沒有在每月的小組討論中提及這案子。Winnie從此納入他的私生活，不由別人干涉。何生亮對此沒感覺太大的不安，他了解自己打從開始就沒想過要把這義務工作幹得很專業。他不過是厭倦了在無眠的夜裡與時間拉鋸，也沒有能力再打付費電話去聽那沒有內容的哼哼唧唧。何生亮試過凌晨時分一個人走在突然變空曠了而像荒野那樣靜寂的小城裡。那城在夜裡不斷擴張，街道在延伸，時間被巨蟒那樣的夜色緩緩嚥下，又慢慢吐出來。他試過坐在印度食肆看電視裡的歐洲球賽，試過遇劫，被巡警盤查；也目睹了人妖蹲在後巷給酒鬼口交，黑社會毆鬥，以及聽到某扇無明的窗戶裡傳出悽厲的叫喊。諸如此類，因為都與自己無關遂讓夜晚變得更黑暗更漫長的，別人的存在。

那些夜晚，他彷彿失去自己的真身，僅僅在別人的夢境裡當個不需要名字的路人。因此，何生亮忘不了第一次接聽Winnie的電話，她一上來便問他的名字。這讓何生亮措手不及，他甚至受寵若驚，而只因為如此，何生亮就認定那女人獨一無二。

難道說，他們的Winnie也這樣問過他們的名字？

這種經驗和感受，這樣的相信及認定，雲英都能懂。飛蛾撲火這種事，年輕時被稱作傻勁，年長了就會被視為愚蠢。雲英懂。如果她是Winnie，她深信自己也免不了三年來苦苦等待計程車司機的示愛。這種苦頭她終究是嘗過的。因為過於匱乏而過度祈求。

這世上誰都可以輕易看出來她瀕死者般的乾枯與渴求，誰都可以看出來她那無以為繼的嘆息般的信仰。要不然她不會引火燒身，任由那男人像攀藤似地纏上了她。

除了表妹，雲英再沒有與任何人說了。這事情過去越久；那含尼古丁的鼻息，腋下的酸臭，汗與精液結合的曖昧氣味終於都散去以後，雲英就越看真了它的空無。她愈感覺羞恥，就愈想要掩蓋；她愈想要忘卻，就愈發體察知情者的熱衷，於是她也就愈懊惱愈後悔。就像她對著樹幹上張開的空洞說出祕密以後，才想起那樹洞裡也許還住著會學人語的生物。

如今那男人還在引誘著別的雌性吧。雲英曾經在這茶室裡碰上他與另一個女人，看見他把叉子伸到對方的盤子裡分享食物。兩人的肩膀幾乎碰到彼此了，那麼靠近，而男人竟那樣地神態自若，始終無視於雲英，彷彿他們之間什麼事情都不曾發生。他們甚至形同陌路，像素未謀面，一如許多年前在那裡小口吃著炸魚丸的副班長，對她視若無睹，把她當作芸芸眾生裡一個不具名者。

雲英怔忡在那裡，用吸管猛戮杯中的冰塊。三點三，世界怎麼驟然失真。她的手機還保留著那男人以前發來的好些短信，不是嗎？臥房的抽屜還鎖住他留下的幾個A片光碟與進入過好些女人體內的情趣品。雲英還記得歡愛中不明所以的憂傷，她淌著淚感受兩腿之間傳來不可抑制的痕癢與酥麻。不是嗎？她記得音樂海嘯似地吞沒她的呻吟，卻仍然聽得見母親在隔壁房裡的呼喊。雲英，雲英啊。

不是嗎？

可那一刻，三點三的光天白日之下，雲英感覺自己如冰塊般逐漸溶化。

那天夜裡雲英幾次起床來翻找男人留下的物事。她坐在床沿反反覆覆閱讀那些手機短信，然後驚訝地發現那裡面竟沒有「愛」這個字眼。似乎她愈是不死心要多讀一遍，那裡面似曾有過的甜蜜就會一分一分削減。雲英愈讀心愈慌，手在抖，渾身發寒，如剛從冷凍庫裡拿出一套臟腑植入她的身體。

就在兩三天以後吧，雲英在下班回家的路上，丟失了她那滿載著求歡信息的手機。從此雲英老覺得那路上全都是知情者。人們站在不同的角度，一樣的唐突，有者譏笑有者憐憫，都有意無意地乜邪眼睛瞅著她。一如此刻坐在掛鐘下的男人，老去的何生亮。

• • •

聽說那男人後來借了還不起的高利貸，又被幾個女人揭發詐騙，漏夜出逃他方。男人的妻還到過雲英工作的律師樓來諮詢離婚後財產與債務分配的法律問題。雲英負責接待，給那怒氣沖沖的女人端過茶水，說了一些客套的或安慰的話。直至女人走後，她將許多文件入檔，打上編號，再動手寫上當事者姓名時，她才對那樣平靜，嫻熟，無動於衷的自己感到陌生。

自己雖如此陌生，雲英卻不至於震驚。那一刻雲英才確定，這所有事情，包括不是這個也會是別個類似的男人的出現，從開始時的溫柔到後來的壓榨；包括她自己的蒙昧，沉淪與否定，還有如夢一般見光即滅的關係，其實全都可以預見，而且她也早知道自己已經洞悉。然而，她只是像每一隻渴於飲火的飛蛾，無有選擇，唯有戰戰兢兢地相信自己或能僥倖。

而她畢竟逃過毀滅了。感謝主。因著那男人的慈悲。雲英數算了幾遍，確定自己只替他墊過幾個月的電話費，也曾經兩次在他到她的住處來時，走到門外替他付了車費。另有一回他在街上傷了腳，雲英下班回家接了電話後又冒雨出門，扶他到附近的診所找醫生，後來也替他拿藥付了錢。雲英後來回想，那天她與男人共乘一車，還把雨傘給了他，自己濕漉漉地回到住所。她在浴室門前站了一陣，裙腳不斷有水珠滴落，人像在融化似的，而心中有一朵噗噗跳動的火。

那是她和那男人在公共場所裡最靠近的一次了。男人後來沒把雨傘還她，也沒還藥費和車資。雲英反倒是暗自歡喜的。那樣子他們會越來越難分清你我吧。於是雲英讓男人點點滴滴地欠著她，如同誘捕，或如她主動拱起腰來迎迓，以為他會不知不覺地陷入她愈挖愈深的付與之中，直至有一天發現自己再也還不清，也再捨不得她無以倫比的寬容和溫柔。

雲英進入心裡的暗室呼喊自己。

雲英啊，雲英。全身濕透後站在那裡，為自己的順從與委屈感動得渾身顫抖。

她卻肯定自己從未給防止自殺會打過電話。即便她也曾慨嘆自己的存在不過是可有可無的事，於那男人屢屢掛斷她的電話並終於把話說白以後，也曾覺得生不如死；又在無聊時覺察此生再活下去不外如是，而且也確實在巴士站或別的什麼地方看見過那一長串熱線電話號碼，但雲英覺得以死了結是一件多麼勇敢的事，而她如斯怯懦如斯虛弱如斯心有不甘。有時候，雖夢境熄滅了，但她醒來時仍咬牙切齒，似乎夢裡尚在聲嘶力竭地抗辯，為一個她自己看不清楚亦無法描述的黑洞。上帝在人間欠下她的，不該在人間償還嗎？

上帝自然是沒有答理的。雲英想，上帝像那男人一樣看穿她的退讓是為了獲取。這手法太過拙劣。他們都看穿了她薄弱的意志，還有，如嘆息般從空中飄墜的信仰。

男人逃離小城以後，有一段日子雲英還真慶幸過，為自己不曾認真地損失了什麼。然而這多少出於幸災樂禍的欣慰並沒有維持多久。斷斷續續地，雲英從圈子裡的傳聞中聽說了男人和其他女人的故事。內容多麼污穢淫邪，牽涉的金額也遠遠超出她的設想。雲英抑制不了想像男人與那些女人的苟合，想他也舔別人的耳垂與陰唇，也要那些女人穿著豔紅的絲襪與高跟鞋，在她們各自的客廳裡搔首弄姿；想他的語言如微溫的糖漿徐徐灌入女人的耳蝸，想那些不知所措的女人，一一投降，柔順而笨拙地趴下。

她先是同情這些女人，然後才逐日有所悟，漸漸同情起自己來。

•••

卻也不是只有男人才會那樣狡猾和無情。何生亮最明白了，蛇是女人的上帝。他生命中遇到過最狠的幾個角色都是女性。全都是。他那把丈夫治得後半生抬不起頭來的母親，那尖刻精明，永遠占上風的老闆娘；他那善於撒謊，離婚後轉眼給別人生了孩子的前妻，或許還有那詭異妖冶，嗜好撩撥男人，讓他們動情後旋即退場的Winnie。

何生亮數月來在編織的關於失眠症女病患在電話裡愛上陌生人的故事，顯然還沒來得及結束，那靈感的來源便兀地中斷。過去兩週何生亮值了七個夜班，都沒接到Winnie的來電。儘管凌晨時分總不乏失眠和想自殺的人，也總有異癖者打來號召自願者一起在電話兩頭各自手淫。儘管夜裡聽到的故事遠比日間目睹耳聞的離奇和精采，但何生亮卻因為等不到Winnie的電話而對這些感到厭煩。奇怪，他覺得自己被Winnie一再地放鴿子，而對方的「失約」使他十分毛躁，彷彿本來已被他用故事與旖想填滿的黑夜，突然又塌陷，出現的窟窿比以前更大更深。值班室看來比過去簡陋而空曠，吊扇颼颼地轉，通過微啟的窗口引進了各種細碎的暗夜的聲響。

Winnie也許就那樣毫無預警地不辭而別了。何生亮每天翻遍報紙尋找婦人自殺的新聞，也細細查閱了這兩週的電話紀錄。他甚至懷疑有哪位同事在偶然接到Winnie的電話，聽過她歌聲裡的性感和哀愁以後，也像他那樣，偷偷把這女人占為己有。當然也有可能是Winnie已厭棄了他。他那樣拙於辭令，不善於安撫，或許還比不上一個不識情趣的計程車司機。何生亮愈想愈覺得這樣胡思亂想十分可笑，卻仍不免日日夜夜在揣測，且時時刻刻感到挫傷。

黑夜畢竟又回到黑夜之中。何生亮枯坐在那裡想，時間本來就是個無底深淵吧，他還沒掉落到底人便老去。而那淵谷無光，每一個人都只能因為墜落而感受到自身的存在。至於Winnie，可能是兩人在黑暗中一下短暫的碰觸，像指頭觸覺到了別人柔軟的身體，感覺到體溫，便知道身邊有人，便自欺地以為那肌膚之親暗示著某種命定。

何生亮知道事情會如此，實在是因為自己不夠專業。他流於輕浮了，他在試探。他說有一天我去看你，聽你唱歌吧。可Winnie聞言不過是一陣浪笑而已。無可無不可。何生亮記得那一晚的通話以歌聲結束，Winnie懶洋洋地說她要去睡覺了。她說晚安，也還像往常一樣弄出親吻的聲音。

Make Someone Happy
One smile that cheers you
One face that lights when it nears you
One man you're everything to

多給點時間吧。再多一點時間，何生亮自會找到別的法子，讓黑夜那一再綻開的裂口癒合。

於是何生亮頻繁地上廁所，泡茶，閱讀不同年代的撒瑪利亞自願者手冊，也打開鐵櫃亂翻舊檔案。去年的檔案裡有雲英的名字，何生亮因為覺得這名字太像真有其人了，便多看了一眼。**雲英**，曾經在一週內七次來電，都在凌晨三點至四點之間。當時的同事草草記錄著「被有婦之夫拋棄的中年女人」，「自卑者」，「單身，被母親精神折磨」，「自殺指數：四」（何生亮知道最高分為一〇），「同上」，「同上」，「同上」。

何生亮當然沒想到雲英就是他多年來經常在這茶室裡見到的，眼前的這個女人。這城白天裡實在太小了，這茶室又這麼古老，城裡一代一代的人無處可去，無非像坐在遊樂場的旋轉咖啡杯裡，於一個圓篷底下兜圈子。要不是因為Winnie啟動了他對他人世界的好奇心及想像力，何生亮大概不會留意起像雲英那樣的，這城中無數不需要有名字的人之一。其實除了雲英以外，他也在身邊幾個常碰面卻不太熟稔的女人身上看到過某部分的Winnie。譬如說公司裡的一個老會計，以及待會兒就要見面的，老是說要替他安排相親的美容院老闆娘。但他何曾見過Winnie呢？現在何生亮念及這名字便不由得心虛，並開始懷疑——會不會呢？那也許是他夢遊時虛擬的人物之一。

• • •

但Winnie確實存在，她才剛剛摸到律師樓去見過雲英了。雲英不知曉那女子曾經自稱Winnie，她只覺得那女子長得太瘦小了，胸腹凹陷，顱骨有點太大，身體卻像躺在路上被壓路車輾過似的單薄。女子有先天性的哮喘病，說話總在噓氣，又斷斷續續的，怎麼看怎麼病態。

可那女子菜黃的巴掌臉上有一雙明顯過大的眼睛，滴溜溜，詭異得像一隻老猴子。雲英藉著端茶水和遞送文件，聽這女子有氣無力地交代她幾天前怎樣被警員抓了現行——除了剛到手的以外，警方也在她的包包裡搜獲另外兩部不屬於她的手機。律師問她要怎麼銷贓時，雲英留意到那女子突然低下頭掩飾她的得意。她確實看見了，那女子抿著嘴抑制她的笑，很費勁。她靜默了好久才抬起頭來，目光如同冰錐，似乎穿透了眼前的一切。

她說，她只是很想看看手機裡的短信。

為什麼呢？

她說她很想知道別人的故事。

由於女子說話陰聲細氣，又有點咬詞不清，雲英不確定自己是否聽得真切。但女子的回答讓整棟樓突然變得十分靜默。律師不期然摀著口鼻，把問話的聲音壓低，雲英自覺躡手躡腳地走出去，並慎重地帶上門，又不放心地再使點力拉了一下門把。她怎麼那樣忐忑，彷彿那小辦公室裡有著不可告人的祕密。

女子走的時候沒跟任何人打招呼。雲英只依稀聽到她喃喃自語，說要走了，哥哥在樓下等著。雲英走到窗邊站了五分鐘，像個特務似的監視著樓下的街道。Winnie卻像沒走下樓就被幽浮召去似的，一直沒有出現。雲英也無從在街上的行人中辨認出誰是那大頭女子的哥哥。她私疑著「哥哥」並不存在，或者該說，他可能是這小城中無數「主觀存在」的人口之一。

「主觀存在的人」是表妹要套雲英說她跟那男人的事時，以退為進，卻頗具挑釁意味的一種說法。雲英以為這不像美容院裡的語言，它毋寧是表妹那碩士丈夫所傳授的詞彙。由是雲英相信表妹已經拿她的祕密和恥辱與丈夫分享過了，再換回來這一組詞語。而當時，那男人必定在對著鏡子小心翼翼地梳弄他那日薄西山的頭髮，冷眉冷眼地笑。

雲英太熟悉那張驕矜的臉和不屑的表情了。童年時她坐在這裡揮手喊他，嘿副班長，到以後她在臺上唱「把我的愛情還給我」，這男人臉上便一直掛著這種介於笑與不笑之間的，讓雲英恨不得讓自己即刻蒸發的神情。

雲英還記得，有一晚在回家的路上，自己曾經為這個，忍不住在計程車裡哭了起來。

・・・

茶室裡的老鐘沉默很久了，但鐘盒子外面的時間仍然滴滴答答。今晚，如果何生亮仍然到撒瑪利亞值班，他會接到一個疑似Winnie的女子打來的電話。那聲音何生亮怎麼可能忘得了，但對方說他搞錯了。這位先生，我是**安娜**。

凌晨三點打到撒瑪利亞的電話有無限的可能性。安娜會說她剛剛殺死了自己的情夫，讓那男人以死償還從她身上騙取的感情和所有積蓄。安娜說那半裸的屍體正橫陳在她的腳下。血從幾個刀捅的窟窿裡湧出，把他們倆都染紅了，而且血的味道像煤氣洩漏似的，很快注滿了房子。

何生亮不知該如何回話。並非因為他覺得電話的內容過於荒誕，而是因為那是他加入撒瑪利亞以來，接到過的一個最平靜的電話。

安娜沒有提到自殺，她只是想要討教處理屍體的方法。

但此刻的何生亮尚未確認今晚是否要再答應替班。過去兩週的等待十分煎熬，多少已讓他氣餒。再說，上帝已開始把微燙的陽光傾倒進來了，外面的時間或許已三點三了吧。很可能是下一分鐘的事，那約了他見面的美容院老闆娘終會出現。那女人將會從大門跨入，身影背光。何生亮馬上就認出來了，來人身影纖細，鬈髮蓬鬆，頭髮上鋪滿了細細碎碎的午後陽光。

女人會朝坐這一邊的何生亮揮一揮手，又轉過頭對另一邊的雲英打眼色。嘿，就是他了。

「讓我來介紹！」

生活的全盤方式

你總是在看望後鏡，總覺得那裡有一雙注視你的眼睛，一雙棲息的蛾。你凝視牠們便也看見了浮世流光。也看見城市把悲傷的臉湊到窗玻璃上，讓雨水沖洗它的彩妝。

你在等海水嗎　海水和沙子
你知道最後碎了的不是海水

・・・

你不會忘記了。

很安靜，很年輕，很纖細，很乾淨。清冷得玉一樣的于小榆。你不可能忘記這個人了。她那麼狠，一個女生。即使讓她把兩手都浸泡在鮮血裡，或者拿快要變成紫褐色的血漿塗污她的臉和胸襟，她看來仍會像往日那樣的整潔與無辜。她會讓你想起顧城。後來你總是想起顧城了。你想起顧城的時候也會想起她了，于小榆。你，好狠。

她們說　　冷／冷是什麼樣子／我不知道

你知道冷。冷的樣子是于小榆微微扯動嘴角，在暗影中笑或不笑的樣子。冷是給她的四分之三側臉做大特寫。她的眼睛，說，不要穿過水面。

穿過水面，陽光會折斷。

你就打了個寒戰。那時候陽光在窗外燒得很旺盛，樹葉都劈劈啪啪在冒煙，有人彈掉一截菸蒂，平攤在公路上的貓屍「逢」一聲冒火。但你想起剛才的情景，斜角照進來的陽光穿入她的眼珠，便折斷了。于小榆說完她要說的便什麼也不說。她稍微歪著頭像在聆聽你和她之間醞釀的靜默，還有身邊那女警擤鼻子時粗笨的聲音。

為什麼是你呢？你多想問于小榆。但你知道那樣問了會顯出你的不安與庸俗，于小榆會看不起你。就像你之前提起司法精神病鑑定時，她垂下眼簾冷冷笑了。眼觀鼻，鼻觀心。彷彿胸前掛著鏡子，她在與鏡裡的自己會心微笑。看吧，他們這些人。

於是你沉著氣等她開口。既然她把你找來了，必然知道自己要的是什麼。這女孩，才二十出頭，當別的女生都在為流行曲死去活來的時候，她歪著頭，目光穿入一個不存在的空間，於靜寂中聽她一個人的獨奏曲。也可能是詩。你藉這機會細細端詳。她平靜的面容，那麼利落的手。僅僅一刀，深深切斷了那人的喉嚨。

在那拘留所裡，于小榆第一次在你心裡喚起那死去的詩人。你有個衝動想問，讀過顧城嗎？因你突然想起同事們以前告訴過你的，你不在的時候，那個于小榆常常會到你的辦公室，在書櫃前面站很久。

她站在那裡看什麼呢？書都安分地停泊在櫃子裡，灰塵也都靜靜地日積月累，悄悄掩蓋陽光漫入過的痕跡。你無法知悉于小榆的目光曾經停留在哪些書本上，但你隱隱記得櫃子裡有一部顧城全集。或許你該唸一首詩，于小榆請注意。但顧城，你當時能記起來的唯有**黑夜給了我黑色的眼睛**。感其陳俗，你也就放棄了。

人們曾經抱怨她太過安靜。她？那個新來的助理。你聽了曾轉過臉一瞥，于小榆下班離去後空著的座位。桌面上的物件多而十分整齊，椅子推放好了，椅背上披著她對摺好的灰藍色毛衣。那時你想到的不是她的安靜而是自律。這孩子，難怪在同期聘來的一批實習生中，她的考試成績特別優越。

現在你才可以感受到，人們說的安靜，堅硬而冰冷，如銅牆鐵壁。人們覺得如此怪異，彷彿看見于小榆拿來一副手銬當鐲子。不難受嗎？不冷嗎？你卻連大夥兒的不適也不曾留心。冷是什麼樣子，你不知道。倒是在接見于小榆的父母時，你看見那垂下頭來不斷拭淚的婦人左手戴著一枚戒指，象牙雕花，白骨那樣清冷。才記起那女孩的手腕上也曾經戴著同一系列的觸子，現在果然變成了手銬。于小榆也沒表現得有多不自在。誰也鎖不住她了，她聽自己的音樂，她甚至坐在那裡輕微地晃動腰肢。攔不住。她已經穿過水面。

「于小榆，你知道我不接刑事案。」你說，「我不擅長。」

「嗯。」

她知道。她辭職時，已經在律師行待了十幾個月。前面九個月實習期滿，她順利拿了執業證書，但不知怎麼她堅持要「多學習」，於是輾轉被調到你的部門，當起公共助理。她的辦公桌就在你們幾個人的辦公室外頭，對著入口，接待處似的，擋風擋雨。那公共助理實際上是份工作量奇大的雜差，要應對的內外人事也多。她似乎沒個可以依賴的前輩，或可以交流的同儕。奇的是，大半年過去，于小榆一聲不響，手上銬著看來有點笨重的象牙手鐲，把所有事情都做了，竟無人聽過她的怨言看過她的嗔色。後來她走了也就走了，倒是如果還有人提起，仍然會搖著頭說啊那女孩，太安靜。

卻無人說過，**我喜歡你是寂靜的**。

如今你明白。讓人們感到不自在的，所謂「靜」，其實是于小榆的倔強與堅硬。即便帶刺吧，她不長成玫瑰而長成荊棘。她的靜如此叛逆，強悍，無瑕可擊。于小榆，你深沉至此，超出我的想像。像一口井，幽深得讓人看不見自己的倒影。你是寂靜的，彷彿你已消失。

「你也知道，這罪名成立，只有一種判決。」

于小榆不應聲，僅僅眨了一下眼睛。你覺得有什麼東西阻隔了你們，她在你無法進入的空間，就像在鏡子裡面。她用你看不見的眼睛在凝視你，那麼遠，那麼逼近。

她當然知道。她沒有逃。如所有的案卷材料所述，當其他目擊者還在尖叫的時候，于小榆往後退了一步，深深吸進幾口氣，便舉起手機打了警方接到的第一個報警電話。

直至員警趕去把她帶走，她不曾失控，沒有流淚，對已經發生的一切都供認不諱。血猶在剃刀上滴落，空氣裡還瀰漫著死亡那潮濕的氣味，倒在血泊中的人睜大著眼睛，仍未相信自己已經死去，她卻那樣乾脆。

死者比于小榆小兩歲，年少輕狂。那還是個躁動的週末下午呢，他的電腦遊戲才打了一半，再過兩個小時他就可以下班了，但死亡從一個不可能的角度突如其來，他幾乎來不及痛苦。也許他連于小榆都沒來得及看清楚，像你一樣，只依稀記得那是一個看似瘦弱卻特別爭強的女孩，沒了面目，只有手腕上晃動著象牙鐲子，蒼白的骨質，隱約閃著燐火。

她說，「我很清醒。我就是要他死。可憐地死。不值地死。」她做到了。一言不發，讓「他」無助而莫名奇妙地死去。她是于小榆，才二十三歲呢。她說這些話的時候，好大一瓢浮光從女警身後的小窗洞傾入。你終於看真切了，睫影之下，她清澈的眼睛。

不要穿過水面。

•••

他們在電話裡說，正在趕來的路上。路很長。太陽早已落山。城市的輪廓被暗影與塵煙掩蓋了細節，變成一堆積木。**世界像是一幅巨大的剪影**。那一對老夫婦風塵僕僕，抵達你的辦事處後，左手無名指上戴著象牙戒指的婦人，先到盥洗室整理自己。出來時，她把頭髮梳整齊了，蒼蒼的灰黑，紋若流雲。老先生隨後也去洗臉，用摺得很好的素色手帕拭去臉上的水珠。後來婦人說到落淚處，也從皮包裡掏出她的手絹，淡綠，雅而清冷，輕輕在眼角上印去淚水。

那淚卻漣漣。兩老似有默契，哭得自律而安靜；一個禁不住飲泣，另一個便接下去說。於是你知道了事情發生兩個月以後，一直在拘留所中拒見任何律師的于小榆突然想起你。你。她要求見你。今早檢察官才聯繫兩位老人家，他們中午便開車趕這幾百里路。

兩人皆為退休教員，都有一種素食者的氣質，說話聲音很輕，皮膚特別白皙，似乎連額上的皺眉都曾仔細梳理。你上午接那通電話時，本來已不太記得起來于小榆其人，直至看見他們，還有那一枚象牙戒指，這同個系列的一家人，你毫不費勁地想起那女孩了。那臉上掛不住五官的孩子。半年前她才辭職離去。你不期然瞥一眼她曾經用過的辦公桌。某一天那披掛在椅背上的灰藍色毛衣消失了。上頭從別的部門調了個老經驗的助理過來，後來再由兩個實習生取代。卻原來只過了半年嗎。

老人家說，于小榆沒跟家裡說清楚辭職的原因，只在電話裡打了聲招呼，沒過幾天便拎著兩個行李箱回到老家。兩人知道這孩子的脾性，也因為她從小就很少讓家裡操心，所以便沒追問。他們說起這個的時候，你一直感覺到某種探詢的意思，似乎期待你告訴他們更多于小榆的事。不然，為什麼于小榆只願意見你，而不是別人。

待要說的都說完以後，已經是深夜了。你替兩人就近找了一家小旅館，陪他們下樓。本來還遲疑著是否該帶他們去吃點什麼，但兩人心照不宣似的，還沒行到旅館門口便用接連的鞠躬把你送走。你感覺到的，街燈光罩下恰如其分的生疏，人與人之間周到的距離。讓人感到安心的禮貌。他們做得一絲不苟。

你回到十七樓的住處，男人已經睡著，狗則醒來了，你在泡澡時牠便趴在浴室門外。你閉上眼睛任水聲蕩入夢裡。夢裡**你把手伸到涼空氣裡／吸收睡眠／你很疲倦**。無數泡沫在夢中破滅。你在那看似無垠的白色夢境裡走向四面八方，一不留神就被卡在夢與現實的間隙裡了。左腦倒是一直在岸上，告密似地說，別怕，只是個夢魘。等你掙扎著醒過來時，浴缸裡的水經已涼透，身體變得僵硬，皮膚被泡軟，像要與肌肉分離。狗在外面用爪子刨著門板，並發出一種壓抑的，似乎怕會驚動鄰居的嗚咽。

這短暫的睡眠讓人疲勞，彷彿睡夢中你盪著船想要到世界的對岸，卻中途迷失，又丟了槳，只有划動雙臂奮力折返。你帶著「幾乎回不來了」的餘悸，用僵直的脖子撐著一顆腫脹的腦袋，先在男人騰出來的半床被窩裡整理出自己的形狀，然後爬上床。你仍然感到冷，遂往男人靠近些，鼻息哄上他的肩膀。一些詩句像一排濕淋淋的螞蟻列隊爬行，經過你的大腦。**在透濕透濕的世界上，有一隻透濕的小鳥。它再不能回窩了，由於偉大的自豪**。

男人翻過身來，你順勢迎去，讓他抱你。男人從夢的溫床裡傳來發芽般的聲音。下雨了是不是，外面下雨了。你微笑著搖頭，然後要從小小的窗口爬入夢中。男人卻把你拉回來，在你耳畔嘟嘟噥噥地不知說了些什麼。你迷迷糊糊聽到自己說，臨時有個案子，頭痛。男人親吻你的眉心和嘴角，有點乾燥的手像蛻皮中的蛇在你的身體上游移。你意識到他要從小小的生命的瓶口鑽進來，你就在夢中笑了。你說，窗簾沒拉上。

月亮很圓，是這城裡最高的一盞街燈。

• • •

其實沒有人知曉于小榆為什麼辭職。那孩子。用沉默來承載生活給她的所有考驗。她很安靜，而且不斷加深那安靜以調整她看世界的焦聚。她把世界放大了，但世界在另一邊卻逐漸看不清她。然後她會消失，變成浮動的謎。就像她早已找到了離開這世界的出口，只等有一天她有足夠的勇氣，一腳踹開那扇生鏽的門。

門外是一面鏡子。是不是？鏡子裡面在下雨了。

在去拘留所之前，你把所有的案卷材料都看了一遍。它們不厭其煩地複述那個發生在週末下午的事件。所有證物與證詞互相吻合，沒有絲毫矛盾與破綻。你幾乎可以看見于小榆推著她的腳踏車出門，她的水藍色工作服就晾在外面的鐵架上，鐵架左邊開滿了半透明的九重葛。陽光穿透一切，人影十分淡薄。

于小榆穿著T恤，七分褲，帆布鞋，加一件運動型的橘黃色外套。外套兩側的衣袋裡裝著十元紙幣，一小張紙條和她的手機。紙條上寫著生命的密碼，那是他們一家人的生日月份和日期，三組，六個號。因為要買的是超級積寶，于小榆的父親說還欠一個號碼就機選吧，買五注。於是于小榆用紅色馬克筆在那六個號碼後面添了「＋×」。

你忽然想看看于小榆的字跡。辦事處裡有許多案卷還留有她用馬克筆寫的字。那都是英文字母和阿拉伯數字，公整，娟秀，平靜的殺人者。你從來沒見過她生氣的樣子，沒見過她紅色的字體；甚至無人可以想像，盛怒中的荊棘。于小榆自己也不曾想過，她騎著腳踏車往南走，沿著回憶的反方向，先到鎮上唯一的小書店逛逛，再到菜市場附近找那個磨刀的流動小攤，替父親拿回他的老剃刀，然後去大街上的多多博彩投注站，竟然就碰上那一扇畫在地圖背面的大門。

踹開它！踹開它！

到達世界的彼岸。

說來真像電影情節，荒誕，黑色幽默而天衣無縫。于小榆的父親說，那天是他的生日。他說得就像在怪罪自己似的，因為他習慣了在各個特殊的日子買幾張彩票，用他們家的生命密碼去碰碰運氣。「但我以前不會在生日那天想到要磨剃刀。」他想說鬼使神差吧，想找出這裡頭某個不尋常，不該出現，但至關重要的環節，卻終於無語凝噎。這退休校長一直垂下頭，兩掌緊扣，像個懺悔的老人在抵禦他晚年的惶惑。

我多想把你高高舉起／永遠脫離不平的地面／永遠高於黃昏，永遠高於黑暗／永遠生活在美麗的白天

案卷材料十分充足。穿橘黃色運動外套的于小榆看來如此明亮。她騎著腳踏車慢慢行駛。不急，不急。那天她值下午班。五點鐘前她會洗過澡，漱了口，穿著齊整的制服抵達商場那一邊的肯德基速食店。鎮上的時光行駛得安定而平穩，像個溫度適中的熨斗貼著生活滑行。不知不覺。她在那裡上班快三個月了，不久前才剛調升店長助理，領到兩套她喜歡的水藍色制服。

你看到于小榆在那些畫面中微醺似的臉。那秀氣而有些單薄的齊耳短髮在風中輕顫，釘在耳垂上的玻璃珠在中午的曝光下閃著稜形光芒。你幾乎以為自己聽到了畫面裡的聲音。腳踏車的鏈子很久沒加潤滑油了，它轉動時發出一種像響尾蛇的聲音。街上有人在叫賣什麼。巷口有一隻狗朝路人吠了兩下。嬉鬧中的孩童結伴闖過馬路。叮鈴鈴叮鈴鈴。于小榆擺了擺車把靈巧地閃避過去，又馬上回過頭，朝來時的方向笑了一下。

畫面中央綻開一朵淺淺的漣漪。

你覺得畫面很真實，除卻裡面的女孩長得並不真像于小榆。但那並不重要。即使所有人都說不出來于小榆離職的原因，也想不明白她放棄當律師，捨棄大好前途的道理，你以為那已經不重要了。于小榆如一顆葉尖懸垂的露珠自願墜入湖裡。她低下頭處理沉默而整齊的冷凍雞，用摺好的紙杯丈量炸薯條和汽水。每天，聽收銀機一次一次響亮地吞吐。用簡易的公式結算日子。

「他們說，我有病。」于小榆如此開場。病。她輕描淡寫，「病」像一條蠕動的蚯蚓，被釣翁輕輕垂入水中。

那是因為見你坐下良久而無語，于小榆像個熟人似的先說起話來。連稱呼也沒有，幾乎讓你以為你們過去就這般談話，像她是你的老朋友而不是當事人。你順勢說那就接受鑑定吧。於是于小榆看了你一眼。你躲閃不及，那淡褐色，如玻璃珠般透明的眼睛。

「你是說，精神病鑑定？」她垂下眼簾，眼觀鼻，鼻觀心，從鼻腔輕輕噴出一朵冷笑。

看吧，他們這些人。

就這樣你們便陷進各自的沉默中了。于小榆**把世界推開，慢慢後退**，再掩上那一扇鏡子似的門，此岸與彼岸之間的出入口。她在微微晃動身體。她那裡有歌嗎？抑或是詩？站在你們中間的女警先是擤鼻子，然後忍不住打哈欠。於是你記起律師該做的。你挺直腰板，深呼吸，把斗室中所有的光明全吸進去又吐出來。你說，你不擅長這個。

「這罪名成立，只有一種判決。」

于小榆眨了眨眼睛。只眨了眨眼睛便切除了生命。**死亡是一個小小的手術，甚至不留傷口**。以她的法學知識和在律師行工作的經驗，你說的這些都太淺顯。你知道她要的不是這些，甚至不是法律，否則她不必等到今天，等到你。

你翻了翻面前的案卷材料。現場照片。再翻。勘驗筆錄。再翻。受害人的死亡證明。再翻……終於，你在犯案人供述筆錄裡找到了最無關緊要的事。于小榆說她從家裡出門，第一站先到書店。那是在血案發生之前，陽光慷慨，于小榆騎腳踏車緩緩穿行在有點髒亂的小鎮道路上。她的小腿纖細，橘黃色外套背後有發亮的白色號碼。你的視線追隨那背影，如熨斗似地貼著日子光滑的表面。日光如斯揮霍，太陽正直，路很燙，小鎮拿自己的影子墊腳。書店在大街另一端，你們愈行愈遠。

「是一家怎樣的書店呢？」正因為它與案子本身無關，又與案發現場太過疏遠，你覺得在這堆環環相扣的材料裡，這書店是唯一的「其他的事」。它完全沒有必要被記錄下來，但于小榆畢竟對警方說了。

冷不防你有此一問，于小榆就笑了。且如曇花，即生即滅。那笑讓這女孩看來潔淨而無辜。誰想到她會那麼狠。為了一個被曲解的紅色「X」符號。至於嗎，那麼冷。于小榆恐怕也沒見過那樣的自己。她走進那狹長的老店鋪，裡面賣的多是漫畫，雜誌，兒童讀物和翻版暢銷書，再加一些文具和影音光碟。于小榆比較感興趣的是角落頭一個小書架上放著的二手書。她偶爾會在那書架上找到一些好東西。譬如文豪們的詩集，還有「看來很像陪葬品的線裝書」。

那天于小榆找到的是一部舊電影，正版碟。她沒告訴你那是什麼電影，只說是以前看過的一部日本片。「挺喜歡的，覺得應該收藏。」她因為身上沒帶夠錢，便讓書店老闆替她保管住那碟子，說好過幾天再回去拿。于小榆也像其他女孩一樣，喜歡把手掌塞進外套兩側的袋子裡。那是一副清白的姿態。書店老闆對她很熟悉了，她有別的女孩沒有的乾淨氣質，有一隻象牙觸子。

「小地方，」于小榆說，「書店就那樣了。」

你完全可以想像。那些陳設，那些書，那種老店。每一本書裡都有雨的味道。但那不重要。你們都明白。書店總是離現場太遠。

殺人是一朵荷花／殺了　就拿在手上／手是不能換的

•••

醒來時男人已經離去。你覺得他吻過你了。狗在。牠趴在床腳，像造案後的凶手在清理指爪。像牠剛把男人吃掉。手是不能換的。**一個人不能避免他的命運，你是清楚的**。

窗簾始終沒拉上。城市把長長的側影投給你。你的手，在陽光下遮住眼睛。你手投下的影子，在冥冥中微笑。

你才記得詩人說，**我失去了一隻臂膀，就睜開了一隻眼睛**。

但于小榆唸的不是這首詩。昨日你離去之時，她在你轉身以後，幽幽地唸了一些詩句。聲音很碎。你屏住呼吸在聽。背上的寒毛全豎起來。太陽在外頭劈劈啪啪地縱火，柏油路在騰煙，一截未熄的菸蒂足於讓烘乾的貓屍燃燒。那麼熱的天，你卻覺得世界成了冰窖，心裡凝結了一柱不能溶解的冷。

你離開拘留所。七月的陽光在身後呼喚你，用發燙的巨掌在你的背上打手印。你沒理。陽光從背後攬腰抱你，把你整個嵌入懷中。沒用。它對你的左耳熱乎乎地說，只是夢。你知道它在撒謊，因為你始終沒有醒來。直至回到辦公室以後，你仍然坐在城市深沉的斜影中發愣。

那首詩，你知道它在哪裡。那是首十四行詩。于小榆放大了一首詩的局部。你只是不明白為什麼這些詩句被于小榆唸出來以後，會突然變得陌生。你發現你從未讀懂過那些詩句。于小榆拉開了一首詩與你的距離，彷彿她把那詩從你這裡拐走了。

離開辦事處以前，你和幾個打刑案的同儕一起研究這案子。大家都不樂觀，因此談興不高，也實在談不出頭緒來。日頭漸漸沉沒，城市的背影是好大的一張黑色斗篷。你開車回去，帶著狗到樓下的小公園蹓了一圈，回去洗過澡吃過晚餐再看了一陣電視。男人還沒回來。你躺在沙發上看書，沒發現下起小雨來了。你又迷迷糊糊地找到了夢的小小的入口，聽到裡面有雨聲。於是你闔上書本，看見十七樓窗外的月亮薄如宣紙，有點濕。

你以為你會夢見于小榆。她不在。外面的座位空著，椅背上披著灰藍色毛衣。有人動過你櫃子裡的書了，那一部顧城全集被放到最高處，你踮起腳仍碰不到它。夢中你就用盡各種辦法想要把那書拿下來。你搬來椅子墊腳，從哪裡找來竹竿去撩它；你甩掉高跟鞋，赤足攀上書櫃，但那書總在手指可勉強觸及卻無法拿下來的地方。這夢讓人焦慮，你跑去敲每一個人的門，要他們過來幫忙。人們看來很有興致，卻不加理會。你終於還是空落落地一個人回到辦公室，竟十分惱怒，然後無奈地醒來。

我們早被世界借走了，它不會放回原處

男人回來過的，又起早走了。你翻身躺在男人留下的形狀裡，看狗在床腳舔牠的指爪。你想起你的夢，彷彿領略了于小榆的憤恨。一個「X」符號被正確理解，與一本書架上的詩集被人拿下來，都是合乎常理的事。然而你睜開眼睛便從不合理的夢境走出來了，那女孩卻丟在夢裡找不著出路。

賣彩票的男生比于小榆還年輕。不明白，**我們不去讀世界，世界也在讀我們**。卻並非每個人都有夢可供參照。況且他在打遊戲，巷戰正酣，一整個上午的心血。但于小榆記得自己對他說清楚了，說時還以右手食指點著那紅色馬克筆畫的「＋X」符號。

「最後這個號碼機選，五注。」于小榆遞上她的十元鈔票。

彩票打了出來，男孩把票子，找回的五元錢和于小榆給的紙條都交到她手上，也沒看一眼便又潛回浴血巷戰之中。那票上卻只打了一注，五倍。于小榆蹙了蹙眉，對那男孩說票打錯了，要求更改。男孩頭也不抬，說是于小榆打票前沒說明白，而票打了也就再無反顧，不能退不能改。

男孩的態度令于小榆很不服氣，她小聲反駁，卻一步也不後退。男孩見她強，也就來勁了，目光與指尖依然沒離開螢幕上的戰場，說話的聲音卻愈漸昂揚。而因為他堅持

說紙條上的紅色「X」是個乘號，指的是倍增，于小榆忽然感到生氣了。她占住窗口，青著臉解釋那「X」是個未知的代數，是機選數字的意思。男孩一個勁搖頭，始終目不斜視，只是一臉不屑地對螢幕上的巷敵痛下殺手。于小榆感到手心發寒，語音開始發抖。她把紙條攤開，指著上面的紅色符號說起X＋Y＝Z的理論來。這不像于小榆的聲音，嗓子有點尖，她自己也感覺不妥。但男孩反而得意，毫不掩飾地用半張臉笑。一掌冰一拳火，痛擊攔路者。

後面來了些買彩票的人，還有一些路過者循聲而至。人們眉開眼笑地看于小榆激越地講解數學公式，概然率與「X」的定義。見那賣彩票的男孩不搭理，于小榆轉身對圍觀的人群重述事件和「X」的原理，但她越是煞有介事人們越覺得荒謬。大週末。五元的彩票。人群中有人失笑，也有人按捺住笑意勸于小榆罷休。

那些不及痛癢的好意，竟比嘲弄還讓人難堪。

于小榆走不出去。幾乎像夢。看似空茫，但她處處碰壁。她茫然環顧四周，有點懷疑眼前的世界。是這個鎮嗎。那些人裡有平日熟見的臉，有帶小孩到肯德基買過快樂餐的老翁，有剛才替父親拿剃刀時瞥見過的婦人，有住得離她家不遠卻沒多少交情的一個老鄰居。她不明白事情何以有那麼難說清楚。這些人，像課堂上聽不明白老師授課，也不想明白，只一味在笑的小學童。而就像你無論如何要把顧城全集拿下來一樣，于小榆忽然靜默了。她用力嚥下一口唾液，像豁出去似的，掏出手機來報了警。

警員來過的，又匆匆走了。也沒想問清楚，只登記了兩人的姓名電話。人們在胸前交疊兩手。人們在搖頭。人們用半張臉在笑，另外半張臉在交頭接耳。世界在徐徐旋轉。陽光偷偷地調度小鎮上每一幢建築物的所在。于小榆掉落到漩渦狀的情境裡。因為她始終占住那窗口不願讓步，人們遂改到另一個窗口排隊投注。沒有人站到于小榆那一邊了，連賣彩票的男孩也換了位置。只有于小榆一個人感覺到。旋轉。她被偷換了位置。世界聽不懂她的語言。

人們覺得于小榆正逐漸平靜下來。起碼，她說話的語氣沒那麼激動了。她打了一通電話到消費人協會。人們聽到她用一種禮貌，冷靜，辦差似的語言在說話，但顯然被對方用相似的語言回絕。於是這女孩平靜地向對方要了博彩公司總部的投訴電話，又把電話打到那裡。她等了很久，耐性地應對電話錄音的諸般指示。一號鍵。四號鍵。井號鍵。這次對方似乎友善地建議她向當地的彩票中心投訴，並且不等于小榆開口，便直接給了她兩串電話號碼。

于小榆把兩串電話號碼來回試了兩遍。預設的電話錄音總是把她領到無人之境。那裡空空洞洞，只有破爛的音樂循環無盡。她僵持了一陣，直至耳朵被音樂轟得發熱，臉色涼了，只有緩緩把手機放下。

事情已經沒什麼看頭了。人們聳聳肩，也有嘆氣的，或搖頭，帶著剩餘的笑意相繼離去。世界慢慢地停止打轉，如一隻搖搖欲墜的陀螺。

但我們早被世界借走，再不會被放回原處。

賣彩票的男孩高興得顧不上他的電腦遊戲。他才發現自己剛在這場無血的戰鬥中大獲全勝。週末了。週末真好。他感覺不到于小榆感到的暈眩，感覺不到傾斜的漩渦，也感覺不到于小榆把手機放進外套的口袋時，手指骨節碰觸到的殺著。

一掌冰，一拳火。

他得意地把臉湊前去，在于小榆耳邊說「你就鬧吧，有種鬧上法庭去。看誰理你！」那是個週末下午。午後狂躁的陽光在鎮上到處發飆並搖旗吶喊。于小榆卻感到手指冷冷的，像十根小小的冰錐，掌心也寒，無法溶解。她霍地轉過身，出其不意，讓賣彩票的男孩看看那蒼白冷冽的象牙鐲子。

終止世界的搖滾，讓它不再扭擺。

旋轉的陀螺倒下來。

很清醒，很平靜，很精準。

終於／我知道了死亡的無能／它像一聲哨／那麼短暫

你不會忘記了。這個你從未好好看清楚的女孩。你只知道她自律而安靜，一個人默默地完成所有事情的全部程序。當其他人都在騷動和尖叫的時候，她後退一步，大口大口吸進一些未沾血腥的空氣，然後用染血的手打電話。很快接通。她用潔淨的聲音說，我殺了人。

你們都不再說話，也不再注視彼此。都抬起頭來靜觀從窗外傾入的浮光。流光遲滯，一進來就變涼了。塵埃飄忽於光處，靜止於暗中。你等了很久，以為她已經把要說的都說完了。於是你收拾桌面上的東西準備離開。而就在你站起來轉身的一刻，聽到于小榆輕輕地唸——

我背後正有個神祕的黑影
在移動，而且一把揪住我的頭髮，
往後扯，還有一聲吆喝：
「這回是誰逮住你了？猜！」「死，」我回答。
聽哪，那銀鈴似的回音：「不是死，是愛。」

打電話來的是老先生。上午九點十分，聽他那平靜得像剛剛坐禪後說話的聲音，你不由得挺直腰，把坐姿調正。他說他已經到書店去問過了，小榆那天要買的光碟確實是一部日本電影，片名是《何時是讀書天》。

「那碟子還在。」老先生頓了一頓，又清了清嗓子。「我替她帶回來了。」

那電影你是知道的，就像你知道那首詩的所在。電影說的是一個上了年紀的獨身女人每天靠送牛奶和超市收銀員兩份工作維生，晚上則躺在堆滿書的房子裡讀杜思妥也夫斯基。電影的調子十分平穩安靜。你記不起電影的結尾，便猜想自己當初沒把電影看完便睡著了，可又隱隱記得自己曾經為當中的一些情境哭過。它怎麼那樣模糊呢。你有點徬徨，便走到書櫃那裡去找那一本十四行詩集。它還在，而居然就依傍著顧城全集，都蒙了點塵，也有陽光給的吻痕和雨的味道。

你翻了翻，那詩仍在原處。黑影尚在，死在，愛猶存。

下午你再去拘留所的時候，路上下了場像樣的雨，溽暑稍逐。但拘留所裡因而更幽暗些。雨激起了滿室潮味，塵埃都有附著處。兩管日光燈亮得憔悴，管子裡像各養了一隻鼓譟的蟬。燈下的人都蒼白。

看你把詩集從公事包裡拿出來，于小榆禁不住笑了，還撥了撥額前的髮絡，手上的鐐銬鋃鋃鐺鐺。

「你知道為什麼是你了。」她接過那書時，說得意味深長。

你不語。于小榆便翻開詩集，看到扉頁上你寫的句子。她的目光停留在那上面，褐色眼珠裡慢慢升起一對閃爍的飛蛾。如牠們在風中迷失。如牠們始終在尋覓彼此。如牠們被一面鏡子分隔。于小榆別過臉，狠狠地咬了咬牙齦，眼淚便珠串似的墜下，流過她冷冷的四分之三的側臉。

你將在靜寞中得到太陽
得到太陽，這就是我的祝願

傍晚時因為要給案子進行交接，你到刑事部那裡與接手的同事談了一會兒。離開時天色如墨，雨珠吧嗒吧嗒濺碎在擋風玻璃上。你急於回家，兜了些路，卻最終陷入這城市在週末晚上擺布的車陣裡。數條車龍在雨中纏鬥，車笛和雨聲讓你動彈不得，叫人想起夢中的困阨。這時候接到男人打來的電話，告訴你住處停電，囑你雨中小心駕駛，又問起你于小榆的事。你告訴他那女孩終於同意把案子交給打刑案的律師了，條件是你以後還得給她送書。

「我答應她，會一直把書送到監獄。」

雨還會繼續下吧。今晚過後就會澆醒下一個雨季。男人用夢裡傳來夢囈似的聲音叫你好好開車，他會帶著狗到樓下等你。於是你微笑著掛斷電話，想起十七樓窗外那一盞壞了的街燈，便耐心慢駛。一路上，仍然有人從車裡彈出菸蒂。貓的屍體化作春泥。你總是在看望後鏡，總覺得那裡有一雙注視你的眼睛，一雙棲息的蛾。你凝視牠們便也看見了浮世流光。也看見城市把悲傷的臉湊到窗玻璃上，讓雨水沖洗它的彩妝。

註：文中的粗體字俱為引用文字。多為顧城詩句。

野菩薩

雨看來是下不成了。也許老媽說得對。風流雨。大戲裡也有唱，雲雨巫山枉斷腸。就那幾顆雨珠，比觀音手中那白玉瓶裡的甘露還要珍貴。

1.

七月中，吹大風，大風吹走過江龍[1]。

八月尾，落大水，大水沖過幾多歲？

今天什麼日子呢，明天都八月了呀。怎麼忽然說颳風就颳風呢。聽。風，七月底的風。不祥呢。這風颳得窮凶極惡，誰家的窗被颳得砰砰響，再不去關一關，窗門肯定要被甩飛了。肯定的。

啊，那不是嗎？急風掀瓦蓋，對面那一盆大葉翻了，瓦缸摔破了。你看，我不是才剛說了嗎？它肯定會被吹倒的，肯定的。

阿鑾走到窗前望了望，還真的是，一盆老棕竹，擺在那裡多少年了呢？忽然就倒了。瓦缸摔成好幾掰，竹叢的根千絲萬縷，如一張細網似的撒開來，倒還死死兜住缸裡的泥土，像握緊好大一個拳頭。大概能保得住吧，根還在。對面的人家似無所覺，也沒人探頭出來看看。現在那房子裡住的是什麼人呢？媽。

老媽沒聽見，她蹲在溝渠邊洗蕹菜，一邊洗一邊說：「真的，風水佬才騙你十年八年，我吃鹽多過你吃米。」

巷子裡真有人家的窗沒關好，是樓上的木制百葉窗吧，在風裡開開闔闔，嘭，嘭，嘭。一下一下的，叫人聽著心驚。這七月底的風裡真像有一條驚惶遊竄的長蛇，又像有穿街過巷的摩多騎士一路在吹響哨子。有狗在嗥叫，有孤魂在無人居住的舊樓裡回應以哭號。阿鑾抬頭看看，兩排老房子的屋瓦都鋪得歪歪斜斜，蕨葉大蓬小蓬地冒出頭來。那屋頂上空堆積了一團團邋遢的雲朵，像許多注滿廢氣，誰也不知道該怎麼處理的大袋子，燕子縮著脖子從下面飛過。唉，七月尾了。

雨像斷了線的珠串，吧嗒吧嗒落下。

落雨，收衫。

阿鑾把晾在天井裡的幾件衣服收回來，老媽剛把蕹菜洗好，仍舊佝僂在那裡，傍著個塑膠筐子開始擇菜。老人家說你去收我的衣服幹什麼呢？這是風流雨，一陣間就雨散雲收，不能當真。肯定的。你快把衣服掛回去，沒有太陽，讓風吹吹也好。

掛回去？那幾件衣服拿在手上就聞到一種奇怪的酸味，似乎反覆被雨洗過，久未經日晒。但雨好像真的就沒了，於是阿鑾也不辯駁，又去把衣服晾在那歪歪扭扭的鐵線上。肉色的底衫褲已成屍白，都沒彈性了，怎麼穿的呢。大風把衣衫吹得撲撲作響，阿鑾的髮絲在亂舞，身上的荷葉領子像要極力掙脫。她想到她第一次給自己買的胸罩，粉藕色，上面盤旋的蕾絲看來多麼浮華。她的第一個男人，手指修長，掌心很冷，碰上她

● 1 過江龍：眼鏡蛇之民間俗稱。

的背，那冷便從他掌中的生命線傳來，導入她的脊椎，讓她覺得寒徹心肺。

那天她回家，妹妹等門似的，一個人坐在天井裡洗衣服。她就怕看見她，妹妹，那麼懂事的眼睛。妹妹說姊姊你回來啦。嗯，回來了。阿蠻快步穿過天井，覺得自己彷彿也穿過了妹妹的身體。但妹妹卻喊住她，姊啊。

嗯？

我月經來了。

是啊，暮光如鏽，天井安靜地播放著歸鳥的啁啾。妹妹坐在屋檐下蓄雨水用的大缸旁洗她的內褲。那內褲泡在一盆淡紅色的水裡，看來如一坨很不新鮮的，蒼白的肉。

阿蠻說這是什麼日子呢，怎麼來得這麼早，又這麼多。她便走到妹妹身邊，蹲下來幫她搓洗。她垂下頭才聞到自己的衣襟上有一股淡淡的異馥。彷彿古龍水，男人的髮油，汽車用的香精。這香味令她臉紅，手心好冷，小腹那裡一陣微微的痙攣，兩腿之間又湧出了溫熱的黏液。

那時候她們在天井裡養了一對烏龜。是阿蠻剛出去打工前的主意。她說大家白天都要出門，應該找些什麼給妹妹做伴。老爸不知從哪弄來一對小草龜，姊妹倆便把牠們養在一個粗糙的陶缸中。妹妹負責給烏龜換水和餵食，阿蠻倒是不怎麼打理，只是偶爾叮囑來獻殷勤的金強到督公河邊摘水蕹菜。金強每次都細心地把蕹菜切整齊了紮好，獻寶似的，兩大捆拎過來。

內褲洗好了，阿蠻把它晾到衣竿上。回頭看見妹妹從陶缸裡捉了體型較小的一隻烏龜放到水泥地上。那小東西披著一身青黃色條紋的緊身衣，馱著牠背上的八卦慢慢爬行。遇上妹妹攤放在前面的，一對歪歪扭扭的赤足時，牠也沒退縮，總想攀到腳背上去。

•••

雨看來是下不成了。也許老媽說得對。風流雨。大戲裡也有唱，雲雨巫山枉斷腸。就那幾顆雨珠，比觀音手中那白玉瓶裡的甘露還要珍貴。阿蠻想想該回去煲湯了，便到樓梯底對著鏡子梳了梳頭。那鏡子還是她以前掏錢買的呢。現在鏡面上星星點點的全是刷牙時飛濺的泡沫印，加上背光，鏡裡的人如半透明的鬼影，臉上的神彩像老媽那衣衫上的碎花，都被歲月洗白了。

走的時候，老媽已開始在熱鑊。背仍然是佝著的，已經挺不直了。「明天他們兩父子有沒有給你做生日？要不你明天來一來這裡吧，我給你煮兩個紅雞蛋。」

嗯。她無可無不可地應了。我走啦。

「帶一把傘吧，別拿走好的那一把。你拿走了肯定又會忘記帶回來。肯定的。」

阿鑾從神檯旁的大花瓶裡拿走一把斷了兩根細骨的摺疊傘。這傘，擋雨不擋風吧。帶上門時，聞到潮濕的空氣裡飄著花生油和峇拉煎[2]的香氣。她回頭朝屋子裡喊了一句，「少吃點蕹菜吧，你不是常常說腿軟無力，睡覺腳抽筋嗎。」言罷等了幾秒，沒聽見老媽回應，她也就去解開鎖在屋外的腳車。直至她將那破雨傘放到車把前的籃子裡時，阿鑾霍地記起老媽之前才振振有詞地說了「風流雨」。不是嗎？

2.

要走出月份牌巷了，阿鑾不自禁地長長吁了一口氣。那巷子幾乎像一條神祕的，逆行的時光單向道，又像歷史這堵老牆上深深的裂縫，會把人的三魂七魄吸進去。巷子裡兩排雙層屋都已成古蹟，牆像長蘚似的，青苔斑斑，綠得發黑；牆體的裂縫崩出長羊齒葉的蕨類植物，感覺像骷髏頭上長毛髮。鐵門上鏽跡斑駁，門牌脫落，咿呀咿呀。門楣上或有蜘蛛一代一代織下的天羅地網，或有年代不詳的，舊時燕子的棄巢。

剛才被風捲倒的那一盆棕竹，跟大門兩旁褪色的春聯一樣吧，想來是舊住戶留下的殘跡了。天增歲月人增壽，春滿乾坤福滿門。阿鑾瞥見那屋子如眼洞般幽深的窗裡閃過一張年輕女孩的臉。像印尼外勞吧。現在好端端的年輕人怎麼會住進這巷子。阿鑾的兒子暗地裡就把這巷子和老屋喊著「活死人墓」。阿鑾聽見總要惡狠狠瞪他的。其實也是的，老媽都八十了，竟不比那房子老；前兩年金強拿去放生的一對老龜也才三十多。一條巷弄兩排房子居然比時代撐得更久。以前總傳聞市政府會把巷子收回去另作發展，又說會把老街場這一帶的戰前建築物翻新，保留下來做觀光用途。老媽為此死活不肯搬走，就要等人上門來高價收購。可不搬不搬嘛，十幾二十年就蹉跎了去。如今老媽真把那屋子當成她的塚，走不成了，房子裡堆著那麼多古往今來，都捨不下。每次提起搬的事，她還一臉橫蠻，大有無論如何也得死在那裡的意思。

以前老爸在世，總說你們老媽身上那股犟啊，其實是因為無知而無畏。這些話好在老媽不太聽得懂，她還老提著以前老爸搞罷工被拘留時，她隨工會上街示威，一個女人家怎樣抱緊武警大腿被拽了兩百尺遠的事。「褲子都爛了，兩條腿被拖得血肉模糊，痛得入心入肺，但我就是不放手，不放！如果他們後來不是用警棍打我，我絕不放手，肯定的。」

說到這兒總無人回話。妹妹垂下頭，安靜地把玩什麼。噓！別說。老媽需要一遍一遍地被別人以沉默提醒，才意識到，這話題裡隱藏的大忌諱。阿鑾記得有一回老爸氣得一腳把籐椅子踹翻，顫抖的手指直逼老媽的臉。你，你就是蠢啊。

月份牌巷就那幾百尺，北端伸入七月街，另一端與榴槤街相連。阿鑾向來不怎麼走

● 2 峇拉煎：馬來西亞風味的蝦膏類。

榴槤街那一頭，一是因為有點繞路，也是因為榴槤街成了風月區，愈來愈多人妖和流鶯出沒了。再說金強以前就在那路口出事，她思疑著牆上的斑漬是當年留下的血痕，每次經過時便特別心亂。於是她像往常那樣把腳車拐入七月街，逆風，往督公河那一頭去。這時分，七月街上沒幾家店鋪開門。兩家茶室依仗巴剎[3]的人潮，一般只做早市，這時候收得七七八八了。幾家老牌神料店像守株待兔，也沒看見有人光顧。金強他老婆開的那家半爿店面的錄影中心，看來也水靜河飛。阿蠻經過時朝店裡飛快地瞥了一眼，看見那女人坐在櫃檯上一邊扒飯一邊神情痴迷地追電視劇。竟看得那樣專注，大概不知今夕是何夕了，或許也沒察覺自己身上正一圈一圈的在囤肉。

七月街上全是老店，倒是這錄影中心才經營了沒幾年。門板上花花綠綠的港劇海報都光鮮得很，看來比神料店裡囤積太久的大紅與金黃更喜氣。阿蠻跟那女人畢竟沒什麼話可說的。雖不至於心裡有刺，卻是阿蠻總顧忌著人家會心存芥蒂。以前金強對她可好呢，那是人盡皆知的事。他在玄天宮那裡給十皇爺掮大旗，立功拿花紅了還會想到給她打一條金項鍊。後來日子艱難，那項鍊幾番被押到當鋪裡，幫她度了幾個難關。阿蠻老尋思著有一天該把金鍊退回去，卻又捨不得。就像她有時候會勸金強別跟老婆嘔氣，可心裡又不真想看見他待她好。

唉，錄影中心不就是那半爿店嗎？阿蠻腳下多用點力氣，一晃眼就換了風景。

3.

沒想到才拐彎就看見金強站在路旁。阿鑾嘆了口氣。自然是會看見的。金強摩哆店不就在這大路上嗎？七月街出來左拐，誰看不見那醒目的招牌？記得以前金強從東海岸熬了幾年回來創業，那裡只是間寒酸的木寮，只修腳車，連招牌也沒有。那時誰想到他會熬出頭呢。一個十幾歲就出來吃江湖飯的人，書也沒讀過多少，整天呆在玄天宮那裡等候差遣。要不被派去收爛帳吧，要不就跟著去打架。後來出事，所有人都以為他廢了，完了。

金強回過身來看見阿鑾時，七月底的風從督公河那頭溜來，拂過他們，陰柔纏綿。大家都不復當年了。背景還是老背景，那巴剎破敗如故，卻也沒顯得比以前更殘舊些。倒是人經不起歲月洗練，都只殘存了一些過去的影像。金強先昂起臉來打了個招呼，阿鑾也就順勢把腳車開過去，在他身邊停下來。

腳車發出一陣刺耳的響聲。

「是煞車器的事，讓我看看吧。」金強甩一甩頭，讓她把腳車推到店裡。

阿鑾沒推拒。反正店裡幾個夥計正合力伺候一臺卸了輪胎的摩哆，顯然不太忙碌。

• 3 巴剎：菜市場。

金強吩咐他們當中的一個印度少年給阿鑾修一修煞車，自己則隨手把手上提的兩個塑膠袋放下。阿鑾瞥了一眼，兩大包香燭和金銀衣紙。

「七月尾了。真快。」阿鑾低下頭，撥了撥鬢邊的頭髮。頭髮沒亂，她知道的，只是白了，粗糙了。金強卻沒為意，從褲袋裡掏出香菸來，叼了一支在嘴裡。

「是啊，人一世物一世，一眨眼的事。」他轉過身去點燃香菸，阿鑾看不見他臉上的神情。「我明天去極樂洞燒點香，剛剛才去買了些香燭，順便給那婆娘打包午飯。」哦，他喊那女人婆娘，就像兒子的父親連名帶姓地喊她陸阿鑾，就那個意思吧。婆娘。阿鑾應了一聲，想不到該說什麼，便別過臉注視那滿身油漬的印度少年。那雙手還真熟練，拆腳車零件就像賣豬肉的從死豬肚子裡掏內臟，心是心，肝是肝。

抽菸的時候，金強刻意走遠了些，但空氣裡還是飄來一股菸草味道。外面的陰天忽然泛起浮光大白。阿鑾瞇起眼睛，認真地凝視著他拿香菸的手。被砍掉後駁回去的半隻右掌，這麼多年過去了還是看著不太舒服。四根手指只有食指與中指勉強能動，正好夾得住一支菸吧。真虧他，如此白手興家。

煞車器很快修好了，不過就換了一層橡膠墊。阿鑾從印度少年手上接過腳車。她說我知道你不會要我的錢，改天請你吃飯吧。金強微笑，他說等你以後娶媳婦擺酒席再請吧。說著朝亮光那一頭撣去菸灰。手勢還挺瀟灑呢。那掌，切割了又重新駁上以後，彷彿有了一條從手心環繞到手背，又兜回到掌裡的，新的生命線。

⋯

那天下午，大概也是這麼一種悲情的天色吧。不，很可能是事情太久遠了，記憶哪經得住時光反覆搓洗。在阿鑾的印象中，一切都灰慘慘的；唯有血，紅得不像話。

人們後來說，那些人從玄天宮出發，由督公河那裡的小徑轉上蘇丹街，再取道粱榮發路，經過十五間和佳人百貨公司後轉入巴剎路。據說他們其中三人在七月街下的車，另外幾個人趕到榴槤街，分頭把月份牌巷兩端堵住。金強那時送了兩捆水蕹菜到她家，離開時就撞上來人。說來那一場毆鬥還是從她家門前開始的。金強打不過人家，沒命地衝到榴槤街那一端，卻終究被迎面來的幾個人堵死了。阿鑾聞聲趕去時，金強已招架不住，只能抱著頭蜷縮在地上，像一隻待斃的穿山甲。

看見這種情況，阿鑾唯有狂喊而已，妹妹也坐在她那裝了滾輪的木筏上，吃力地趕過來。姊妹倆的尖叫聲驟風似的穿透巷子，每一扇門窗都有人探出頭來。阿鑾的記憶便從這裡開始褪色，只有鮮紅的血漿從畫面深處溢出。那些人照著金強的頭臉狂蹬猛踹，似乎有人還穿著鐵頭鞋，差點沒把他的頭踢爆，卻總是把他的左耳踢壞了，肋骨斷了兩條；再有人抽刀，砍掉他半隻手掌。

人們說那其實只是一瞬間的事。從那幫人追著金強一頓暴打，再到有人抽刀，金強舉手攔截，爾後那些人鑽進路口的小貨車絕塵而去，前後不過是三幾分鐘的事。斷掌後的金強像被割喉放血的生雞，在地上不住打滾嚎叫。他用左手扼住自己的右腕，那斷掌血如泉湧，多麼像一隻蘸飽了紅油漆的漆掃。灰黑色的路上塗滿豔紅的血漿，游移在空氣裡的一股甜腥味突然向她撲來。阿蠻禁不住彎下腰，從胃裡嘔出一陣酸氣，然後便像要傾空這一段記憶似的，掏心挖肺地嘔吐起來。

傍晚有幾個員警到巷子裡取證，阿蠻因為頭暈得厲害而躺在床上。她覺得腦子空盪盪的，幾乎已經遺忘了所有細節。倒是那些遠觀者，那些站在各自的門窗裡探頭張望的鄰里，都能說得繪影繪聲。而她只記得住幾個移動中的模糊人影，噴湧的鮮血，鐵頭鞋，斷掌。

但阿蠻可以感知那些警員並沒有追究的意圖。他們更像是在閒聊，有一搭沒一搭，自問自答，似乎在暗示著那是一般的私會黨仇殺。即便不是吧，你知道他前幾天去伏擊人家五金店的少東嗎？

阿蠻搖搖頭。

錫米街最大的五金批發商。他把人家打成豬頭了。人家的老爸有頭有臉呢。

阿蠻忽然感到背脊上有一隻冰寒的手掌，那手在撫摸她。恐怖的溫柔。她緊扣十指，神色堅定地搖頭。

警員還告訴她，你妹妹把那斷掌放到電冰箱裡了。妹妹？不。阿蠻搖頭。不，我妹妹她的腿不行。但那警員的神情非常堅定，阿蠻不得不再仔細想想。不，不對，我們家沒有電冰箱。

你們家是沒有。

警員離開以後，阿蠻撐起虛弱的身體，靠住梯階扶手走下樓。出了事後的巷子分外安靜，狗不吠，貓都躡手躡腳地走過，隱約只聽到遠處傳來冬粉檔敲碗打叮叮的聲音。老爸不知到哪裡去了，老媽坐在天井裡給妹妹洗傷口。阿蠻走過去，她們都抬起頭來看了她一眼。老媽說等一下去買冬粉吧，我今晚不煮了。阿蠻沒作聲，站在那裡看妹妹攤開的手掌。一隻清洗過了，塗滿了藍藥水；另一隻，老媽正用針給她剔掉裂口裡的沙石。妹妹咬著牙齦抽了口涼氣，那手都在抖了。老媽說別動，傷口沒弄乾淨會破傷風，肯定的。

妹妹索性別過臉去，不再看自己那破爛的手掌，也沒察覺阿蠻正凝視著她那一張發青的臉。那臉，多麼像她們頭上，舉頭三尺吧，那半輪薄薄的月亮。

4.

在那以前，阿鑾總以為妹妹去過的最遠的地方就是七月街了。老爸用三夾板給她做的木筏，雖然上面鋪了草蓆和碎布做的墊子，卻怎麼說都有點單薄，那四隻滾輪用久了也不太好使。再說那樣用兩手撐地，慢啊，看著也怪模怪樣。少年時候，她和金強會拿繩子繫住木筏，兩人一起拉著妹妹巷前巷後的戲耍。老媽不讓他們走遠，七月街已經是他們瞞著大人能夠去到的極限了。似乎還有一回，他們密謀帶妹妹過橋，去人民公園那裡的流動遊樂場，但半路上木筏脫了輪子，好不狼狽，只有讓金強把妹妹背回月份牌巷，結果三個人都少不了一頓打罵。後來逐漸長大，妹妹意識到別人的目光，自己反而不想出門了，平日就待在屋子裡接點手作，鞋墊，月份牌，紙紮品。老爸心疼她，自己戒掉菸，每個月騰出來好幾塊錢，在家裡裝了麗的呼聲。

阿鑾記得那臺小木箱，像個養蜂的盒子。裡面總有一把聽著恍如隔世的聲音，嗡嗡嗡，等著你回來，想著你回來。妹妹天天坐在那裡，像個間諜在竊聽外頭的世界。有時候，她和老媽也會在下午追聽廣播劇場。多少生離死別，雲雨巫山，聽得母女三人淚眼漣漣。阿鑾卻從沒聽說過那種把切下來的手腳放進冰箱裡的事，老媽也不曾聽聞，妹妹不但聽了而且深信不疑。人們說她撿起那半隻斷掌，大聲呼求旁人把它放到冰箱裡。當時大家都覺得可笑，而且誰家會有電冰箱呢？就算有，人家也不會願意把這血淋淋的東西放進去啊。

當人們七嘴八舌地討論這話題的時候，他們說，妹妹自己動身了。阿鑾實在記不起來。真的嗎？妹妹用手划動她的木筏，穿出月份牌巷，由七月街轉到巴剎路，過了巴剎以後再右拐到小學路，找到那路上最豪華的獨幢洋房，求那賣豬肉的九公幫忙，把金強的斷掌暫存在他們家的大冰箱裡，跟那些剛宰好的生豬和賣不完的豬肉放一塊。九公後來說，他接過斷掌的時候，掌上的手指似乎還微微在動，而他們已經弄不清楚那上面紅紅黑黑的，究竟是誰的血。

「她自己的手掌都擦破了，全是血。」

⋯

阿鑾剛騎上腳車，便看見大肥從小學路那頭走過來。仗著祖蔭吧，他愈來愈胖，頸項已完全被下巴吞併，以致隨便扯一扯嘴角也像滿臉堆笑。現在那路上，他們家的房子依然最豪華；單是院子裡的四面佛神龕就夠瞧的了，比廟裡的更金碧輝煌，而且養的兩條惡狗比人還要壯。阿鑾記得以前她和金強擠在他們家窗外看電視時，大肥可是喊她阿鑾姊的。人長大了情分漸漸不再，尤其是上一輩人陸續走了以後，現在就只剩下一個點頭了。阿鑾遂也回了個點頭，沒等他過來便開始踏動她的腳車。

「大肥來請你吃豬肉了。」話說出口她也就走了。風吹得人心裡涼涼的，阿鑾卻不覺得暢快。大肥那小子也學他父親九公那一套，把「吃豬肉團結華人」當口號。屁話。九公說的跟他說的才不一樣，人家那是每年天公誕請街坊鄰里吃燒肉時說的，這小子卻只有在大選拉票時掛在嘴上。金強那一票自然是免不了的，仗著祖上積的那一點恩德，金強還得每年給他們黨捐錢贈摩哆呢。阿鑾討厭的是他總愛挾持金強，說走走走，我們去吃滷豬手。

過了睦鄰計畫中心那破木寮和書報攤，阿鑾把腳車拐進鞋街。那路窄得很，無非比月份牌巷寬那麼一點，而且路面坑坑窪窪，很不好走。以前這裡家家戶戶都接鞋廠批出來的細作，這家裁料畫線那家削邊上膠，儼然是條生產線了。所以三天兩頭總有羅厘[4]開到這路上來派收，引擎聲與吆喝聲混作一片，挺熱鬧的。阿鑾記得剛才轉角那地方，原來有個涼茶攤，賣涼茶的是個精瘦的老頭。老爸愛喝他的龍眼羅漢果。除了妹妹以外，家裡有誰濕熱上火了，都會被押到那裡喝一碗廿四味。那藥汁黑得像咖啡烏，而且真苦啊；才碰上舌尖，馬上就苦到心坎裡。

那苦，記得金強也是領教過的。不就是他的母親過世後不久的事嗎？還是個少年呢。他整個禮拜沒露面，老爸覺得不對頭，某天下班從糖廠回家時，特意繞到督公河那頭去看他，才發現他都病得五顏六色了，正把自己捲進被窩裡，像個蛹啊，毛毯都被汗水弄得濕答答的。老爸問他你是在等死嗎，看他沒反應，便啪啪刮了他兩巴掌，金強才睜得開眼睛，朦朦朧朧知道是老爸來了，喊了一聲細叔，竟然哇一聲哭起來。老爸一把將他揪到醫院去，在那裡吊了兩天鹽水，出院後還得被押到涼茶攤。三天，喝了三碗廿四味。

金強常常到家裡蹭飯，老媽自然有微言，成天嘀咕著「兩雙手五張口」，有意無意，說給誰聽？老爸沒少斥責過她，到底算個故人之子嘛。但老媽不吃這一套，怨聲無日無之，老爸也就懶了。可那一回老媽出人意料地沒怎麼抗議。阿蠻和妹妹旁敲側擊，她便撇著嘴說，這不同啊，這是救命的事。

是不同。以後金強到玄天宮跟了十皇爺，每個月都有伙食費拿來，過年有蕉柑臘味，九皇爺誕還有吃不完的紅龜包，老媽也就沒再抱怨了，甚至漸漸把他當成一家人。那時候倒換成老爸對金強有意見，總覺得年輕人有什麼不好幹，怎麼去混私會黨，吃這種朝不保夕的飯。後來在巷子裡出的事，證明老爸想得沒錯，人還是踏實過日子的好。老媽似乎為此想了一夜。第二天她和阿蠻一起到醫院去給金強送飯，路上忽然對阿蠻說，電髮鋪那一份工，你還是不要做了吧。

• 4 羅厘：載貨卡車。

5.

蘇菲電髮院在梁榮發路末端，當年在那繁華的大街上，算是比較安靜的地段了。以前阿鑾多麼喜歡往那路上去。在老街場，一個女孩嚮往的所有東西都可以在蘇丹街和梁榮發路上找得到。那裡有五層樓的佳人百貨公司，賣皮包鞋子和各種洋貨的十五間；有戲院，玩具店，西餅店，肉乾鋪，布莊，電髮鋪，金鑽行，唱片行，後來還有錄影中心。這些，不就是一切了嗎？

可今時今日，阿鑾卻嫌那路上有太多飛車黨，煙塵多。她更願意由狹窄的鞋街穿行到外面的蘇丹街，也不想沿巴剎路走到底，再由梁榮發路拐到蘇丹街去。事實上，梁榮發路也早已不再是往日風景。佳人百貨公司不是倒閉多年了嗎？以後那建築物便一直廢置。它旁邊那一排破破爛爛的十五間，如今只賣學生制服和書包；幾次風聞會被拆掉，大肥他們黨就帶人到那裡拉橫幅示威，而看來並沒人真想拆去這些老鋪，所以它們也就風雨飄搖地撐到如今。

阿鑾到了鞋街才發現那裡出了狀況。也許是地下水管又爆裂吧，來了兩輛大車一隊工人，把銜接蘇丹街的路口給封了。阿鑾停下腳車，看到那裡挖了個深坑，左右看看實在是鑽不過去了，只好又騎上腳車往回走。心裡想，真倒楣，一定是因為撞見了大肥。

既然此路不通，阿鑾唯有走梁榮發路。那得回到巴剎路往北行盡，昔日佳人百貨公司的五層大樓就在右邊轉角處。以前在蘇菲電髮院工作，阿鑾常常會提前出門，先到路這一端的佳人百貨轉悠一陣，看看櫥窗裡閃閃生輝的小東西，又一件一件地翻那些掛在架子上的漂亮女裝。算算時間差不多了，才慢慢走到路另一端的電髮鋪。她喜歡走在那一排雙層店鋪長長的五腳基上，喜歡聽到店裡溢出徐小鳳或許冠傑的歌聲，喜歡看見櫥窗玻璃映照著那背光的窈窕的自己。她甚至也喜歡在推開蘇菲電髮院的鑲玻璃大門時，馬上看到牆上那些海報裡勾魂攝魄的大眼睛。

對於她到電髮鋪打工，老爸向來不贊同，可又說不出個所以然，只一味說怕她會學壞。老媽倒是無所謂，說到底，蘇菲電髮院給的薪水總比之前的餅乾廠和鞋店高，還不用蹲下來伺候人家穿鞋子呢。妹妹也說做頭髮終究是門手藝呀，這可讓阿鑾理直氣壯了，她走到妹妹身後抓住她的一對大孖辮，揚起來讓老爸看。我以後學懂了可以幫妹妹弄頭髮啊。

就是嘛。大孖辮，像個鄉下人。阿鑾曉得爸媽對妹妹是不好說什麼的。妹妹因為不方便出門，不知有多少年沒出去讓人理髮了。平日她都自己操剪刀，偶爾也讓阿鑾幫忙修一修瀏海，那長髮唯有編成大辮子而已，一直沒什麼花樣。看見妹妹那發亮的眼睛，老爸果然不再堅持。他搖搖頭，說你自己看著辦吧，千萬不要被人帶壞。

怎麼會呢？蘇菲電髮院只做女人的生意。難道女人還能把她吃了？老闆自己是個洋氣的女人；人挺幽默，作派豪爽，大家都叫她瑪麗姊。聽說她後來欠下賭債，被大耳窿找上門，只好草草結業，不知搬到哪裡去了。阿蠻在那電髮院工作的日子不算長，與瑪麗姊之間算不上什麼情誼。她記憶深刻的是店外面的紅白藍旋轉燈，店裡面電髮藥水嗆鼻的氣味；記得收音機裡傳來午後慵懶的歌聲。還有那些大鏡，那些像某種太空船裝置似的笨重的焗髮機，那些海報上濃眉大眼的女明星。當然也記得瑪麗姊的喇叭褲和鬆糕鞋，紅指甲，真時髦。

她也記得每次金強去找她，瑪麗姊總愛尖著嗓子喊，哎呀靚哥仔來了。

那是個美麗奢華的世界。女人們眉來眼去，風情萬種。金強被嚇怔了，站在門口那裡停又不是走又不敢，一雙手不知該塞進褲袋呢還是該疊在胸前，於是便弄巧反拙地兩手叉腰，像個來收帳的，尷尬得很。

可那時候所有男人都到印度店理髮，像瑪麗姊開的那種電髮鋪，本來就像個胭脂堆，男人誰進去了都會感到不自在。或許這世上也只有那種男人了，那種生下來第一天就向兩個哥哥學著怎樣應付三個母親七個姊姊的公子哥兒，他們才會在蘇菲電髮院裡如魚得水。也只有那種男人了，會一隻手插在褲袋裡，另一隻手拿香菸，說話時從來不避開對方的眼睛。真要命。

6.

以前不是那樣的。以前她有的，她都想給妹妹一份。記得打第一份工年終發花紅，老媽說你給自己買布做一件像樣的衣服吧，她便喜孜孜地去錫米街廣興布莊挑布料。一上午走來走去心大心小，最終還是放棄了自己真正的心頭好，買了比較便宜的一款，要兩份。妹妹多開心啊，拿著那布料，眼裡都有淚光了。以後幾天她們都在研究該怎麼裁，做什麼款，結果還是一式兩份，穿在身上真的就像孖公仔。

小時候老爸常常糾正她，是「一對」孖公仔，不是「兩個」孖公仔。

阿蠻老覺得是父母造成的吧。從小到大，她都莫名其妙地覺得自己虧欠了妹妹，彷佛她在老媽的肚子裡就已從妹妹那裡偷走了什麼。即便到了今天，阿蠻只要去蘇丹街南端，經過華人接生樓時，她仍然會不自禁地多看兩眼，想像自己和妹妹當年在哪一扇窗裡出生。那時老媽的兩條腿結滿血痂，被警棍打傷的手腕還瘀黑著呢，她和妹妹卻已忍受不了那傷痕累累的，受難的母體，提前嚷著要出世。她誕生時是那樣壯壯實實的嬰兒，妹妹卻不然，「兩條腿扭得麻花似的，像兩條豬大腸」。老媽在產房裡就已哇哇地號啕大哭，哭聲響徹婦產科。護士出來對守在外面的老爸說，你老婆在床上跺腳；下面才縫好，又裂開了。

關於妹妹的不幸，他們彷彿都覺得自己是冥冥中的一個促成者。他們，三人。老爸顯然負疚最深。老婆快臨盆了，家裡又沒其他人，他不過就是小小一個工頭嘛，真不該在那種時候逞英雄，帶頭組織罷工。老媽則覺得這裡面有一種不可言說的神祕性，譬如降頭或因果之類，可以讓她把自己受傷的雙腿與妹妹的殘障聯繫起來的東西。至於阿鑾，童年時她常常於睡夢中聽到老媽在她耳邊吟哦「你啊你真不應該，你怎麼就急著把妹妹帶出來」，她都聽到的，她只是翻一個身，假裝忘記了。

但比起歉疚感，更讓人難過的是遺憾吧。他們都知道，妹妹是「一對」姊妹裡比較聰慧的一個。她比阿鑾早學語，早了三天喊「媽媽」，早了兩個禮拜喊「爸爸」。儘管沒機會上學，但她的辨字能力和心算功夫都比讀過幾年華小的姊姊強。阿鑾也老早發現了自己無論抓石子或翻花繩，都總玩不過妹妹。哼，不玩了。當她拉著金強到巷子裡跟其他孩子玩彈珠的時候，老爸在天井裡擺棋盤教妹妹下象棋。阿鑾記得他們有多專注，老媽喊了幾次吃飯他們也不搭理，阿鑾要是去攪局是會被老爸斥喝的。她當然明白，妹妹比較聰明。她只是撇一撇嘴，假裝不在意。

但阿鑾還是打從心底疼惜妹妹啊。妹妹常常說，我們在媽的肚子裡抱了八個月。這話讓人心軟，她便伸手去抱住妹妹，聞到妹妹鬢髮上肥皂的馨香。她說是啊，我們不是兩個，我們是一對。妹妹也抱緊了她，把頭鑽進她懷裡。阿蠻聽到妹妹朝著她的胸口說話，就像那裡有個洞似的。妹妹說，不是的，我們是一個。

那一刻阿蠻感到心酸極了。那時她正穿著那一件在佳人百貨公司買的粉藕色通花蕾絲胸罩，頸上戴著金強給的金項鍊，衣襟上留有怪異的芬芳。男人進去了，出來了。她在榴槤街下的車，沒等她走進巷口，身後那鴨綠色的馬賽地便開走了。阿蠻忽然想起男人剛剛送她的那一襲衣裙還在車裡；白底流雲彩蝶飛，面料光澤盈盈。她回過身去，路上徒留煙塵而已。那時候她真感到胸口有個洞，洞裡只留下菸草、古龍水和髮油的味道。她心裡空落落地回到家裡，看見妹妹一個人坐在天井裡洗內褲。連缸裡的草龜都抬起頭來，用懷疑和嘲諷的眼神注視她。她最怕看見妹妹了，妹妹太懂事的眼睛。

以前明明不是那樣的，以前她有的，她都想給妹妹一份。

7.

空置多年的佳人百貨公司大樓，現在所有門窗都鎖緊了，看來就像一幢養燕子的建築物。據說玄天宮的十皇爺退休後也真想過把它弄到手來養燕子。有這種事，大肥他們自然是要力阻的。於是這荒樓也就可以平靜地持守它的空寂和古老。它會和身邊的十五間相依為命，等哪一天突然崩裂坍塌，或是因電線太老舊而在某個夜裡驟然失火。

阿蠻察覺自己正隱隱期待那一天的到來。她想像著有一天早上醒來會有人告訴她，你知道嗎，昨晚老街場火災，佳人百貨和十五間被燒掉了。或許連月份牌巷最後也會落得相似的命運吧。正如十五間的老鋪，祖傳父，父傳子，兒子打過算盤後，再僱了外勞來死守。月份牌巷現在也逐漸變成外勞的宿舍。被風颳倒的老棕竹最終不會被扶起來了，它會被寄居在對面屋子裡的人連樹帶根扔到一旁，然後慢慢枯萎，像個倒下了便活生生餓死在巷子裡的老人。

過了那掛滿書包和校服的十五間店鋪，前面就是梁榮發路與蘇丹街交接的路口。蘇丹街是條寬敞的單向道，路上的車子開得像要飛起來似的。阿蠻小心地順勢右轉，隨著咆哮的車流開到高架橋上，要橫過督公河。

那橋，就像其他依傍著督公河的公共建設一樣，大家都會直接以「督公河」為它冠名。在阿蠻的印象中，這督公河橋已是第二代了。以前的督公河橋沒這般寬敞，看起來也沒現在這般牢靠。它下面的督公河倒是長年不變。河水混濁依然，這些年尤其淤塞得厲害，雨季時總要發幾次小小的水災。上游玄天宮那裡猶好，下游的觀音廟地勢稍高，也勉強能自保；再往東則是一片低地，金強孩提和少年時就住在那裡。說是左岸的一幢破木屋，屋旁是甘蔗林，屋後有香蕉笆。

記得年輕時，有好幾次金強站在第一代督公河橋上指著那一幢快不成形的破房子，對她說了一些童年時的生活趣事。他說督公河太髒了，什麼魚都活不了，能活的都是些長相可怖的食苔魚。

阿巒那年紀時無論做什麼事情都心不在焉，也從未認真聆聽。後來還是在聽妹妹複述那些事情時，她才知道人們把那些魚叫做魔鬼魚。金強說的，那些魚養在水族箱裡可以清理青苔，長大後就會開始啃食其他魚類。因為繁殖力強，也沒什麼天敵，督公河便由牠們稱霸。雨季時督公河氾濫，魔鬼魚便趁勢上岸。水退後岸上必定留著許多魔鬼魚的遺骸。牠們的身上披著有刺的綠盔甲，魚鰭像釘子一樣，死後依然鐵骨錚錚，面目猙獰，有一種同歸於盡的意思。貓也敬而遠之，不敢碰，不敢吃。

相比起橋這邊有玄天宮，大伯公祠，古廟義校和小小的人民公園，橋另一邊的督公河岸無疑冷清多了。淺淺的河灘多是荒地，遍長絲茅，連鳥也不肯落腳。就拿那觀音廟來說，這麼多年了沒看見多少香火，那廟裡終年黑漆漆的，青燈寥落。前幾年說擴建吧，卻不過是寒寒酸酸地在廟旁搭了個簡陋的鐵棚，就為了多掛一些長生燈。阿巒想，長生燈多了，也不是因為多了些香客，卻只是多了些死去的人。

至於玄天宮，那是歷史愈悠久它就愈氣派了。大概是因為它老是在修繕，也不斷在擴充和翻新吧，阿巒似乎從未見過它有「古老」的時候。印象中，玄天宮無論什麼時候看起來都像幾年前才剛落成，而且還在不斷加建中。現在那裡有鋪滿了雲石的宴會廳和展覽中心，單是停車場就大如幾個籃球場。那架勢，直把後面的大伯公祠擠得不斷往一棵大樹底下退去，連過去搭棚演酬神戲的地方也慢慢不見了。至於那樹，彷彿為了抵抗玄天宮的逼近而拚命往高處伸展，樹頂已伸入雲端，彷彿樹穹上也能成其天地。而樹影裡的祠堂愈來愈渺小，似乎正逐漸在消失。

說什麼呢，阿巒自己幾十歲人了，在老街場住了一輩子，也從未踏進過那邊的觀音廟和這邊的大伯公祠，再遠一些吧，聽說還有城隍。她每年陰曆九月初卻會到玄天宮湊熱鬧，也擠在人群裡燒香下跪。那兒人推人的，難得搶到一個蒲團。往往來不及求所求，或所應求，或所能求，便已被煙燻得滿臉淚水。可阿巒求了這麼多年，至今猶不曉得廟裡供著的九皇爺究竟是何方神聖。最後不過是拿了幾卦不求甚解的籤，提著兩袋紅龜包和蓮蓉壽桃，連著數日蒸熱給家裡那兩父子當早餐吃了。

記得以前金強在玄天宮待命，阿巒家裡的紅龜包可真多得可以堆成小山。妹妹拿了一個龜包逗那兩隻綠草龜玩，把牠們置於紅龜的背上，輕聲對牠們說九隻大龜怎樣救了九兄弟的神話。金強偶爾會插進來幾個塑膠做的綠色小兵，扮作逼害九皇爺的壞人。老媽經過被他們逗樂了，老爸在一旁直搖頭。

當時阿蠻魂不守舍，那樂也融融的景象看著特別心煩。她把一隻紅龜剝開，好看的紅皮白肉，卻沒有肚腸，沒心肝。她真恨不得狠狠咬它，把它吞進肚子裡，看它還能逃到哪兒去。一整個月了，那人的母親沒到蘇菲電髮院，他也就沒再出現。自從在榴槤街下車以後，阿蠻覺得城裡所有的鴨綠色馬賽地都在一夜之間霍然消失。那個下午發生的一切，他掌心的冷與胯下的熱，還有他送的衣裙，流雲，彩蝶，如夢似幻而已。阿蠻記得最清楚的反而是當中最模糊的一些情景，譬如在那雅緻的小公寓裡，她和男人隔著一個金魚缸。那是她第一次直視他的眼睛，那裡面像有火似的，又像兩尾流光溢彩的金魚游了進去。男人說你聽，我喜歡這音樂。那是首英語歌，阿蠻聽不懂。她紅著臉說，你那邊的玻璃上有一條奇怪的魚，真像壁虎。

那就是魔鬼魚吧。阿蠻數日後省起來，那魚已經鑽入她胸口那看不見的深洞，牢牢盤住她的心瓣。

8.

瑪麗姊說，你到他家店裡碰碰運氣吧。阿蠻便在那天中午撐了傘走過督公河橋，一直走到錫米街。那一帶靠近火車站，附近還有印度市集，人來車往的，有點龍蛇混雜。

阿鑾走過那些參茸行，海味鋪，藥材鋪，布莊，酒莊和輪胎店，還沒找到他家的店便已看見了停在路旁的鴨綠色馬賽地。這讓她忽然緊張起來，兩腿就發軟了，那一刻才發覺自己的莽撞。她走到對面的五腳基，只站了一會，便覺得來往的人們投她以懷疑的目光。這使得她愈發心虛，卻又不甘心就那樣不明不白的，頂著灼人的大太陽走回頭路。

老爸不是常說嗎？阿鑾你啊，你就是倔強，像你媽一樣。

是啊，所以她才會在那裡站了幾個小時，將近一下午，後面一小時甚至還苦苦忍著尿。要不是看見那男人挽著一個秀麗的女人從對街的五金店裡走出來，要不是看見那女人身上穿著絲綢般發亮的連衣裙，要不是看見那白裙上流雲翻騰，彩蝶飛舞，阿鑾是不會放棄的。

男人瞥見她的。阿鑾看見他愣了一下，又馬上皺了皺眉頭。卻終究只遲疑了那樣一下，便鑽進馬賽地裡。阿鑾撐開手中的黑傘，把自己縮小，再垂下頭，正好藏在那傘撒落的陰影深處。

•••

這許多年來，隨著城市的擴充，市中心悄悄轉移，老街場最好的歲月業已凋零，早已今非昔比了。奇怪的是只隔了一條督公河，彼岸的玄天宮，錫米街和火車站一帶，卻一直十分興旺。就連原來像個露天市場的印度市集也幹得有模有樣。印度人把一整條街上的店屋都買下來。那裡的建築物都是經過翻新，或索性拆掉後重建的。錫米街一帶的店鋪樓下多做批發生意，樓上則出租做辦公室。白天那裡絡繹不絕，氣象熱鬧繁華。只是那些店屋絕少住人，入暮後待所有店鋪都打烊，好幾條街也就忽然疲態盡露，變得沉默而陰森，顯出它的老相來。一年裡或許只有九皇爺誕時節，玄天宮徹夜燃香，街邊賣香燭和賣紅龜包的攤檔都通宵經營，附近幾條街便也沾光；連續九天，晚上也會有人氣，有燈火。

但陰曆九月初正好是雨季，阿蠻記得那天自己從錫米街慢慢步行回家，中午時還能把人煎出油來的光天燦日，傍晚時就拉下臉了。阿蠻走到督公河橋上站了一陣，看著烏雲一摞一摞的，從督公河下游緩緩地往這一頭滾動，雲裡似乎還裹著悶悶的雷聲。看來即將有一場大雨了。天如此躁動，而橋下的河渾然不覺。河裡的魚呢？那些魔鬼魚，牠們是不是都在等著督公河水漲，伺機群攻上岸？

沒想到那一場雨終於沒認真下起來。不過是烏雲如羊群被雷電驅趕，浩浩蕩蕩地匆匆過境，期間只飄了點細雨，把地底下儲存的暑熱揮發到地上。風流雨。阿蠻回到家裡，看見桌上一盤醬紅裹白的南乳豬肉和快炒成黑色的馬來風光[5]，覺得不開胃，便自己到灶頭煮了一包金旦麵。老媽自然有怨聲，打阿蠻把麵放進鍋裡那一刻便開始吟哦，

• 5　馬來風光：峇拉煎炒蕹菜（空心菜）之當地俗稱。

那絮絮唸似無休止，裡頭頗有些火花，正好點燃阿鑾那憋了一下午，不，一整個月的悲憤。她重重地頂撞了幾句，說到「我還想死呢我還想跳進督公河」，氣便粗了，在那裡喘著大氣，吼也不是哭也不成，遂摔下手裡的鍋，也不理會妹妹的呼喚，頭也不回地衝出家門。

那天是九月九，在人世逗留了九日九夜的九皇爺要回鑾了。阿鑾漫無目的地亂走，在巴剎路那裡趕上正拖兒帶女去看巡遊的人們，也才發現自己穿著一黃一紅，兩隻錯配的木屐。她沒怎麼細想，只覺得路上朝聖者眾，與其回頭，不如隨波逐流。於是她踩著木屐，跟著大家往蘇丹街的方向走。那大路兩旁早已擠滿人，人潮與鑼鼓聲從蘇丹街南端滾滾湧來。那聲音愈近，路旁的群眾便推擠得愈厲害，大家都想擠到最前排。她真想縱身跳進去，跳進河裡。

金強就在人潮中，與其他信眾一樣白衣白褲，脖子圈著毛巾；雙掌合十，香舉過頂，跟在三頂大搖大擺的輦轎和一隊乩童之後。他看見路旁的阿鑾時，阿鑾已哭得眼睛都紅了，卻不拭淚，因而滿面濕痕，像個在人流中與家人失散了的女孩。他忍不住張口喊她，阿鑾，阿鑾。他向她揮手，可她目光空茫，眼神輕飄飄的，彷彿聚焦在某處，又瞬即穿透一切。金強只好隨著人流繼續往前走，載浮載沉，送九皇爺到河邊。可是他頻頻回首。阿鑾，阿鑾。九皇爺哼哼哈哈，咧開九張大口吞沒他的呼喊。直至快看不見阿巒了，金強才突然轉身，奮力穿過人群。

人群，那真像一堵厚厚的，綿延無盡的銅牆鐵壁。

9.

外面看來，那診所似乎還挺可以信賴。高牆上掛著許多巨大的匾額，筆法蒼勁的黑底金字，凸寫妙手回春，凹寫再世華佗，像慈悲的眾神在睥睨眾生，有一種穩定心神的作用。也因為那裡採光充足，候診廳十分明亮；加上彼時病人似乎不多，阿巒才終於鼓起勇氣走進去。

但後來護士領她走的那條甬道卻不是那麼回事。那是另一個世界。醫生說你跟護士去準備一下吧。阿巒便尾隨那婦人從另一道門走出去。那裡像許久沒有人走過的地下隧道。怎麼不亮燈呢，只有一束陽光從高處一扇小小的天窗穿入，但鞭長莫及；還沒碰觸到地上的階磚，光線便已疲軟。阿巒覺得光照只到得了她的頭頂，她看見前面帶路的護士頭上泛著一層光暈，那光浸透她頭頂上的髮絲，使人看起來頭輕腳重，像半透明的靈魂。

那是金強動手術後沒幾天的事，多像接枝栽種，那斷掌正在繃帶中重新適應自己的軀幹。阿鑾剛辭了電髮鋪的工作，領了七除八扣後的薪水，便刻意走遠路到火車站那一帶，找了家當鋪，把揣在兜裡的金項鍊拿出來。說來那是頭一回，她用金強給的金鍊去度難關。阿鑾昂起臉來。櫃檯真高，她像掉落在井底。她甚至沒看清楚櫃檯後的男人長什麼樣子，就得把自己最珍貴的東西交給他。對方是個老手，熟練地檢查和掂量每一件交上去的東西，絲毫沒有一點珍惜的意味。阿鑾不免感到心酸，但她在心裡說了以後無論如何是會贖回來的，肯定的。

手術用的時間比想像的短，阿鑾沒想到要挖掉肉瘤似的一條小生命，比舒通阻塞的水管更容易。她依稀聽到醫生和護士交談了幾句話，還有那些刀叉鉗子被放到鋼盤裡時的碰撞聲響。那樣手術便完成了，她已被清理。後來的大部分時間，阿鑾躺在床上等待麻醉劑的藥效過去。她不確定自己是不是睡著了，只知道夢進來過，又出去了。那些魔鬼魚隨著夢的潮汐被沖到這暗室。當夢退去以後，牠們卻留下來，慢慢長出四肢足趾，在地上爬行，並發出壁虎的叫聲互通信息。有一條特別肥短的爬上手術床，盤在她的耳畔，似乎正等待蛻皮，而居然也入眠了，鼻息冷冷的，鑽入她的耳蝸。

阿鑾醒來後，還在那床上躺了一陣。這真是個密室啊，對比外頭的明鏡高懸，這裡幽暗無光，充滿著不可告人之事。她始終不敢轉過頭去，怕真看到夢中留下的證物，一條要蛻變成嬰兒的魔鬼魚。

那天她沒到醫院去探望金強。想起身體內被挖除的肉瘤，讓她感到非常虛弱。而因為不要太早回家，免得家人多問，她走出診所後，又到附近一間茶室坐了一會，還特別點了一碗加料的雞絲河粉和一客焦糖燉蛋。醫生說得沒錯，不會再想吐了。阿鑾把東西吃得乾乾淨淨，走的時候碰上一個來兜售福利彩票的盲人，她不知哪來的興致，生平第一次買了張彩票。她把彩票細細摺好，和那生命中第一張當票一起，都塞進荷包夾層裡。

回去時叫了一部三輪車。快傍晚了天空還像個大魚缸似的，亮得十分透澈。霞光桃紅，由天的背面輕輕滲入，彷彿可以看見神祇款款游過。儘管空氣熱得刺人，踩三輪車的男人背上全是汗水，但那樣的天色畢竟令人感到輕鬆。一切都會好起來的，肯定的。車子經過回教堂附近那浮華綺麗的鐘樓時，阿鑾不自禁地哼起小曲來。

南屏晚鐘——隨風飄送——
它好像是敲呀敲在我心坎中
南屏晚鐘——隨風飄送——
它好像催呀催醒我相思夢
它催醒了我的相思夢，相思有什麼用？

我走出了叢叢森林，又看到了夕陽紅。

10.

當妹妹說，姊，我們是「一個」的時候，她或許不曾料想到，有一天她們會只剩下半個。以後很多年，阿鑾只要想起這一點，仍然會感覺到無以名狀的巨大空虛。彷彿就那樣無端端地，她失落了半個自己，是半個，而不僅僅是小腹裡一顆小小的肉瘤啊，也不僅僅是胸口那已經癒合了，無人知曉的深洞。

妹妹死後，阿鑾很快變得像老媽一樣迷信，也會無比誠心地敬畏著冥冥中不可解說的物事，譬如罪孽和因果。母女倆從此都認真供奉家中各個神龕上的祖宗和各路神仙，偶爾相攜到廟裡跪拜她們所不認識的，或來歷不明的諸神佛。老爸當然是要嗤之以鼻的。家裡沒人和他下象棋，他晚上閒著心慌，便又抽起菸來，而且抽得那麼凶，以致有了手抖的毛病。老媽不免嫌惡，卻不敢大鬧，冷言冷語都被她掰碎了一點點的說。終於有一回激得老爸當場把牆上的麗的呼聲拆下來，一把摔到天井裡。那養蜂箱似的木盒子居然比阿鑾想像的堅固，它在地上翻了兩個筋斗，哐啷哐啷滾到養龜的陶缸旁，把兩隻草龜都嚇得脖子梗了，木箱卻沒有散開。

那時金強快要離開了，說是要到東海岸一個遠親的腳車店裡打工。東海岸很遠呢，而且老爸說那裡全是馬來甘榜[6]，沒幾個同聲同氣的人。再說他那右手，到底是從囤豬肉的冰箱裡拿出來的啊。阿蠻沒忘記當初為了這個，醫院可是拒絕替他把斷掌駁回去的。那真急死人了，好在賣豬肉的九公領人上去鬧，老爸也跟去了，終於逼得醫院臨時組織了一支非穆斯林手術小隊，由一個熱心的華人醫生和幾個印度護士負責，花了大半天時間，費好大的勁才總算讓斷掌回歸身軀。只是那手終究是不靈光了，除了沒被砍下來的大拇指以外，只有兩根手指稍微能動。老爸看著嘆息，踏出病房門口就對老媽說，廢了。

無人可及妹妹的難過。阿蠻感受到了。儘管妹妹毫不聲張，依然如常做她的手工，每天給兩隻草龜換水餵食，也陪老爸下棋，用麗的呼聲為日子灌點外面的聲音。但阿蠻怎麼會不察覺她的憔悴？即便她倆不是「一對」，即便僅僅是兩隻與她朝夕相對的烏龜，也通人性了吧，大概也能體察妹妹那隱忍的焦慮和煩憂。

金強出院的前一日，阿蠻說我們明天給他弄一餐好的吧，我下廚。妹妹微笑著用力地點頭，說她也要墊一份錢。那是個清晨吧，難道是下午？阿蠻記得自己正在泡咖啡，有光穿過篩子，進入那一大壺黑似廿四味的咖啡烏，便誘出了有香味的白煙霧。她記得自己轉過頭去，看見光是斜的，映在妹妹蒼白的臉上，竟像正逐漸把她浸透，就像在把

• 6　甘榜：馬來村莊。

一具肉體消蝕成魂魄。那一瞬，妹妹在人間看來如此稀薄。阿巒憐惜地說，你多少個晚上沒睡好了。

嗯。妹妹點頭。姊，這幾個晚上，我都夢見你；我夢見我們。

阿巒沒會過意來。她給那一壺咖啡烏加糖，攪拌它。麗的呼聲在播鄧麗君的歌。如果沒有遇見你，我將會是在哪裡。她緩下攪拌的動作，妹妹也不語了，阿巒知道那一刻她們都在聆聽。那一刻，加了糖的歌聲穿過她們，她們是一個。

日子過得怎麼樣？
人生是否要珍惜？

以後阿巒總覺得那就是最後一幕了，儘管後來她還有幾個月的時間去擁抱妹妹，和她說了一些話。甚至當妹妹已經無法言語的時候，有好幾個晚上，阿巒爬上妹妹的病榻，把臉貼近她的胸腔。心跳還在，呼吸還在。然而她再也不曾感覺那份親近了，那樣純粹地，僅僅被空氣或寧靜穿透彼此。而即使妹妹尚未斷氣，那時候，也只有阿巒一個人知道，妹妹已經離去。

那確實是她們在一起的最後時刻了。當鄧麗君唱到「也許認識某一人，過著平凡的日子」，阿鑾禁不住搖頭微笑。然後她出門去幹了點什麼，可能去訂了翌日要的燒肉和雞。九公聽說是給金強準備的，在巴剎裡大著嗓門說他會留一塊最好的燒腩。聽他的口吻，像是不要錢的意思。之後阿鑾還到過雞攤，雞佬一邊在給雞退毛，一邊說阿鑾你愈大愈靚，黃蜂腰甲由肚。她記得那兩個騰著蒸氣的大鍋，籠子裡許多待宰的鬍鬚雞，水泥地上的雞毛和血水。她甚至記得曾經因為自己穿著木屐而得意了一下。

其他的，她都不太能記起來了。回到巷子裡，左鄰右里便從他們各自的門窗彈出半個身子，一時間，四面八方都是呼喊她的聲音。嘿阿鑾你到哪去了你在哪兒呢你怎麼去了這麼久，他們送你妹妹到醫院了你妹妹進醫院了你妹妹啊，你家出事了你知道嗎你到哪兒去了。阿鑾會不過意來，她抬頭看一眼月份牌巷狹長的天空，那裡一片空白，陽光如火，把雲都吞食了。她用力搖晃提在兩手的大袋子，依然慢條斯理地走，然後逐漸加快，再快一些，木屐聲嘎達嘎達，她終於飛跑起來。

妹妹到底夢見了什麼呢？阿鑾記得她說，我們。但她想知道那些夢中的細節，而不是老媽後來日日夜夜重複說的那些，下體的血，子宮長的瘤。阿鑾在醫院走廊裡一直背靠牆壁盯著自己的木屐和那十隻相依相偎，看來純潔無辜的腳趾。牆上的瓷磚潔白而冰涼，彷彿死亡伸出一個手掌抵住她的背。阿鑾閉上眼去感受，始終不知道那手掌是在給予抑或是在攝取。

後來她倒是常常夢見妹妹了。都是那些與記憶混雜起來的夢，以致阿鑾自己也懷疑那無非是想像而已。因為以前沒有拍下照片，兒子最愛逗她，老打趣地說那姨媽並不存在。阿鑾沒好氣跟他辯，但流光暗換，記憶不斷被歲月洗濯，她被兒子作弄多了自己也變得神經兮兮。偶爾注視著鏡裡的自己，她便有點恍惚，覺得妹妹像一襲幻影，如同鏡中的影像。

• • •

過了火車站，行到巴士總站的柵門外，雨竟又吧嗒吧嗒落下。阿鑾連忙在路旁停下腳車，撐開那一把斷肋之傘，馬上聽到雨珠急鼓似的敲打在傘面上。這可不是風流雨吧，肯定不是。

風水佬才騙你十年八年。

阿鑾往那巴士總站看了一眼。金強當年乘巴士到東海岸，便是在這裡上的車。這巴士站也算歷史悠久了，如今還在用呢。那些古老得隨時會蹦出個什麼零件來的老巴士，也依然在城中川行。每年清明，阿鑾都得和老媽到這裡來擠巴士，一起到廣東義山去給老爸掃墓。那是個合葬穴，老媽已有著落，像隨時要搬進新屋子似的，掃墓時比打掃月份牌巷的老屋更賣力。妹妹的骨灰供在極樂洞，老媽前幾年才輕描淡寫地說，我下葬的時候，你把妹妹也偷偷放進來吧。

阿鑾知道老媽的意思。那是非法入住了，墓碑上將不會有妹妹的名字，她會真正地消失。有那麼一剎那，阿鑾感到自己被遺棄了，她終將成為孤兒。

雨勢愈來愈大，阿鑾又騎上腳車，想著得趕快回家。要煲湯呢。她再看一看那巴士站，想到當年站在那裡給金強送行，那金項鍊一直揣在兜裡卻沒有還給他。兩人不知怎麼好像突然生疏了，都覺得有點尷尬。半個鐘頭什麼都沒說上。倒是金強提起夢的事。他說前一天夜裡夢見她們姊妹倆了。在那夢中她和妹妹都雙腿完好，穿著相同的衣服，燙了一樣的頭髮，並且牽著手出現在他面前，一定要他把她們辨認出來。

阿鑾聽到這兒忍不住噗嗤一笑。可直至金強走上巴士，在車廂裡向她揮別，她也始終沒敢追問，然後呢？你認出來了嗎？

阿鑾敢肯定了，這確實不是風流雨。她稍微調整了那傘的位置，往胸腔深深吸進一口氣，然後便開始發力，迎著風雨疾行而去。

•••

猜猜看，我們誰是姊姊，誰是妹妹。

你猜猜看啊。

盧雅的意志世界

儘管有生辰八字，可以準確排出命盤來，可是我總覺得她不是個真實存在的人。我是說，如果這些年來我所在之世，或我所意識到的人與事就是所謂的「真實世界」，那麼盧雅彷彿是活在另一個平行的世界裡的人。

我說的是她，盧雅。

火性的盧雅，女身，七一年（亥）人，十月廿一日寅時生。

儘管有生辰八字，可以準確排出命盤來，可是我總覺得她不是個真實存在的人。我是說，如果這些年來我所在之世，或我所意識到的人與事就是所謂的「真實世界」，那麼盧雅彷彿是活在另一個平行的世界裡的人。

但是我清楚知道，盧雅看了這開頭肯定會笑，她才不在意哪一個世界能謂之「真實」。

• • •

我希望盧雅能讀到這篇小說。假設此時她在香港，她大有可能會拿到這一本二〇一一年五月號的《香港文學》。我是說，如果她依然像年輕時那樣喜歡閱讀，如果她後來讀到的文學作品不至於令她太失望，我想她還是很可能會花錢買《香港文學》這一類月刊。

說到閱讀，盧雅是不折不扣的雜食動物。她倒也不特別看得起文學，尤其是在她發現了文學的虛無以後，她顯然有意無意地漸漸疏離了文學讀物。我知道她有一段時期特別沉迷推理小說，旅遊雜誌，心理學論著，也迷戀過麵食類的食譜。

打從盧雅畢業離校後，我就再沒見過她了。她自然不會參加校友會，她也不是那種會與舊同學聚會，讓別人有機會打聽她的八卦的人，我想她甚至不會多愁善感地去懷念母校。她是從另一個世界來的探子，一個觀察員，或一個生物學家。這個現實世界於她已無任何祕密可言，因而她也就不感興趣了，於是她便像是人間蒸發，這麼多年一直沒再出現。

我也不曾聞說，學校那麼多師生中有誰後來見過盧雅了。

但我有時候會忍不住懷疑，盧雅這人很像是虛構的，她也許從未離開，只是因為我變得比以前更庸俗昏昧，連自己的本來面目都已看不清楚，所以才不復得見這人物。

記得盧雅曾經問我，「如今，在這城裡，你還有見到放牛的人嗎？」

沒有。

我經常可以看見牛群在住宅區或高速公路的綠帶上行走，黃牛，水牛，大的小的，牠們總是放肆地橫越馬路，也會隨處拉撒，在路正中留下一坨坨新鮮多汁高纖維的土製地雷，完全無視城市的尊嚴和律法。然而我確實許多年沒見過牧放牛羊群的人了，多年以前，他們是手執籐條行走在牛群間的錫克孩童或印度少年。而今天，那些牛像是有內置的導航儀，「牧童」已經是個被社會退化了的名詞，誰還見過他們呢？

「可是他們一定還在，否則牛群何以知路，知時？」盧雅笑。「這地方是先進多了，但牛始終沒怎麼進化。」

因為想起盧雅這般笑語，我便一直抱著某種僥倖似的期許——盧雅還在，在我們當中。

1.

我最初看見盧雅，她在窗外。

那是很多年前的事了。所有在閱讀這小說的人都得把時間逆向推前一些，再往前一些，再一些。

對，就停在這個點上。看見晨光了嗎？神諭般滲進幽暗的斗室裡。

故事裡有一扇百葉窗，我去打開它。窗外有許多年前的風景。「許多年前」是個能馬上辨認出來的概念，因這窗外的景觀裡有一棵巨大的木瓜樹。如今在這城裡，哪還得見這種醜陋的、非觀賞性的植物呢？況且它還長在人家的後院！

「後院種了木瓜樹的人家」毋寧是一幅歷史畫面，現在它看來已有點泛黃了。當時，十二歲的盧雅叉腰站在樹下。

即便在隨處可見木瓜樹的年代，盧雅家後院那棵木瓜樹終究是非比尋常的。它十分粗壯高大，那些火燄狀的綠葉已碰觸到二樓屋檐的水槽與屋瓦了。這木瓜樹還碩果纍纍，數不清的青綠色洋梨形果實擠在樹幹上半部，它們看來像鬆弛了的大大小小的乳房，以致這木瓜樹的形象充滿母性，像一個千秋萬世哺育過無數子孫的龐然怪物。

巍峨的母親，世世代代屹立不倒的母親。

在這巨樹的襯托之下，盧雅顯得特別瘦弱，她那兩個妹妹就更別說了。九歲的大妹妹瘦如敗柳，當時像在課堂上忽然被老師點名叫起來似的，有點不知所措地站在盧雅身後；六歲的小妹妹抱著一個邋遢的布熊蹲在後門的門階上，早產兒的體質與黃膽病的侵蝕讓她那張小臉看來像一個因病害而過早發黃的小木瓜。

只要看過她的兩個妹妹，盧雅的形象就會變得堅實起來。她昂起稜角分明的臉，我居高臨下，看到的是老木瓜樹慈悲地俯視她，就像它正抱著整個家族所有嗷嗷的兒孫在與盧雅交涉。但盧雅不為所動，她左右上下地將木瓜樹打量了一番，舉起右掌輕輕拍了拍樹幹。

這動作，像是在對木瓜樹說，對不起了，老夥計。

那個上午，盧雅幾乎憑她一己之力，再加一把木柄菜刀，就把這城裡最壯大的一棵木瓜樹放倒了。我聽到木瓜樹用它那肥厚多汁的軀幹沉默而頑強地抵抗，許多次緊緊叼住了盧雅的菜刀。但盧雅聰明地在這些經驗中學習，到後來愈砍愈順手，老木瓜樹再也咬不住她的刀。盧雅的大妹妹始終找不著自己的位置，她圍著木瓜樹團團轉，偶爾笨拙地伸手幫忙，讓木瓜樹順著她們理想中的方向倒下。木瓜樹無可奈何，它擁護著所有乳房緩緩折腰，終於頹然傾倒，並且壓壞了盧雅家的鐵絲網籬笆。

樹倒地時發出聲響，儲存在樹篷裡的陽光嘩然傾瀉，一整條巷子兩排房屋都有人從各自的後窗鬼鬼祟祟地張望。

接下來的功夫可不少。盧雅仍然憑藉那一把菜刀，把倒下來的木瓜樹分成好幾截（畢竟有結滿乳房的半截樹幹越過籬笆，橫屍後巷路上）。大妹妹受命把那些體形較大的青木瓜摘下，堆疊在一旁。小妹妹則把布熊放在門階上，走過去幫忙把木瓜捧回家。她從房子裡拿來一頂草編的寬沿帽子，把它套在盧雅頭上。

處理木瓜樹的遺骸費時小半天，過程中盧雅得多次換手執刀，有時候也會雙手握住刀柄，咬牙切齒地將木瓜樹截肢。大妹妹聽從她的指揮，拿了小刀把木瓜樹的葉子逐一割下，小妹妹亦興致勃勃，拿起兩柄木瓜葉當扇子當旗幟，朝空中揮動。綠色的火焰嘩嘩飛舞，宣告了一棵老木瓜樹之歿。

盧雅家後院就那幾平米土地，木瓜樹被伐後，後院騰出的空地大可以有別的用處。譬如種些菜心，指天椒或斑蘭葉吧！只是後來那後院一直沒什麼動靜。半塌的網狀籬笆未被修復，籬笆內側堆放的樹幹逐漸乾枯，地上的野草飲陽光雨露而瘋長，很快將木瓜樹的痕跡與歷史覆蓋。

誰還會記得呢？連我都逐漸忘記。那裡曾經有過一棵木瓜樹，它高大，駭人，彷彿再長下去終有一日直搗碧落。

2.

那木瓜樹，以後依然屹立在盧雅的夢裡。我讀過盧雅寫的那些關於「夢」的文章，它偶爾會被提起。盧雅的夢是一個時光被凍結了的世界，許多被人們遺失了的視野和景觀都完好地保存在裡面。夢裡的盧雅永遠是個孩子，身子輕盈，奔跑起來飛也似的，還能像個跨欄高手，一躍便跨過了高及腰部的木柵，把放養在院子裡的家禽驚得撲撲亂竄。護院的一對大灰鵝噪鳴趕至，盧雅大踏步往院子正中的傘穹大樹直奔，幾乎像人猿，三攀兩甩，盪一盪，便把自己擲到樹上了。

那是另一棵樹，無人確知其名稱與科屬。因樹葉長相與木薯葉子近似，盧雅的母親便管它叫「假木薯樹」。盧雅看過的真木薯是兩三米高的灌木，有莖無枝，土中的根既是因也是果。與之相比，那棵假木薯樹如喬木般粗壯高大，葉茂枝繁，雖壯觀而無食用價值。

成年以前，盧雅的生活過得飄盪，為著父親長年在外地，花錢的惡習不少，工作又屢屢出狀況，她們一家為了逃債已不知搬遷過多少次了。盧雅記得她與母親與妹妹住過高腳樓、工地裡鐵皮棚頂的木板房、單層排屋，還有一小段時期住進過半獨立式的複式舊樓。

可因為那一棵假木薯樹，盧雅最鍾意的始終是她八、九歲時住過的新村屋。那房子長年出現在她的夢中，夢中一切保存完好，一草一木都在原處。那是租住的房子，家徒四壁，本沒什麼特別，只是房屋外頭有個極大的院子；說來也只是個用鐵絲網圍著的荒園，像是許多年前已被某先民劃地割據。

盧雅一家搬進去時，那裡滿院絲茅雜草，荒地中央矗然立起一棵假木薯樹。記得當時天旱，草色疲盡，唯獨那樹蔥蘢得過了頭，彷彿它徵收了地裡所有的精華。樹的主幹從地裡拔起，往上長出兩米左右便八方叉開，深綠色的葉子蓬蓬而生，像無數裂掌將樹上的枝椏團團遮蔽。

以後兩年，那樹成了盧雅的王國。母親把荒廢的院子整理成農莊，甘蔗婷婷，雞鴨成群；木薯埋於土中，籬笆上纏著翠綠的四菱豆，草地上也曾出現過冬瓜與指天椒。因為是租借之地，盧雅的母親無意長期收穫，便不曾種植果樹。因而院中的假木薯樹巍巍屹立，宛若一方霸主。盧雅下午放學回家後，趁母親不在，便喜歡換上T恤短褲，爬上樹去坐著發怔。每次落地之前，她總會盡量攀到高處，找一根枝條立足，半個身子鑽出樹梢，像個盯梢的山番或猴子，遊目眺望遠遠近近許多高高低低的房頂。

「那時候，你在哪裡呢？」在盧雅的敘述中，突然蹦出這麼一個句子。我心裡咯噔響了一下，我在哪裡呢？

也許我就在盧雅看見過的某座房頂下。她看見遠處那一棟橡膠工廠，高高的煙囪把惡臭的白煙釋放到天上；她看見房脊與房脊之間冒現的果樹，紅毛丹、芒果、椰子、波羅蜜，還有附近人家院裡的雞屎果、紅毛荔枝和木瓜，以及在陽光與微風中招展的鳳仙、九重葛與晾在籬笆上的花衣裳。她家的雞鴨在樹下的濃蔭裡嘰嘰咕咕，還聽得見遠處邋來一兩下有氣沒力的狗吠。世界一覽無遺且十分寂謐；時光輕快如風，歲月的調子卻慢悠悠的。盧雅覺得自己就像是一座廢棄之城中唯一的留守者，這樹是她的城堡也是哨站。她眺望大路拐彎的那一頭，等著騎腳踏車的母親在靜寂的公路上浮現。那時多半是下午三點多，狂暴的光，騰著熱氣的路，顫抖的渺小的母親的身影。

以後，這些消失了的一切經常出現在盧雅的夢裡。那農莊般的院子當然不在了——她們再次搬家，在鄰近的衛星市租了一間狹小的排屋。盧雅後來有機會路過，發現那房子被拆掉重蓋，院子全鋪上水泥，寸草不生，曾經雄踞在那裡的假木薯樹絲毫沒留下存在過的證據。新搬進去的人家拿幾個瓦罐種了些不像樣的盆栽，沿著新建的螺旋瓶石屎籬笆疏疏落落地擺放。

此後幾度遷居，租來的房子都偏小，且都坐落在住宅區內，盧雅的生活便沒了那些童話才有的詩意——頭臉上結著肉瘤，目光慈祥如同家族長老的火雞；忠心護院驅蛇，同時也惡意追逐小孩的大灰鵝；透著雨味的雞屎，帶草青味的晌午時的陽光。

3.

盧雅十二歲那年，父親在外地的工作又搞糊了，還欠了些債；焦頭爛額的，實在掏不出家用，又怕被女人數落，便連家裡也不敢回去。盧雅的母親難為無米之炊，只好找了個週末拖著三個女兒坐兩小時的巴士回娘家向姊妹借錢。

母親讓盧雅帶著妹妹坐在廳裡，大中小，抖、累、瞇；三人排排坐在一張雙座籐椅上。無人給孩子招待茶水，盧雅便有預感此行不會順利。大抵是嫁得不錯的姨媽擺了些姿態，說了些奚落的話吧，母親掀開門簾從房裡出來時，眼眶明顯是紅的，臉色如鐵，緊咬牙齦。回程時母親一直擰脖子瞅著窗外，兩個妹妹爭鬧她也不回頭看一眼。

盧雅知道母親偷偷在以手背拭淚，她先瞥見那手背上的濕痕，目光便沿著手臂滑上肩膀，再溜到母親的髮與窗玻璃上。車窗滿布雨痕與塵埃，上面淺淺地浮映著母親愁苦的面容。

說來奇怪，盧雅與母親的關係一直若即若離，從未十分親近。也許是因為母親總愛打罵她；為著各種不足道的瑣事，用上隨手拿到的各種鞭杖。盧雅也明白，母親有太多積鬱必須發洩，而兩個妹妹顯然太稚嫩太脆弱了。她倒是像母親，從小透著一股村野女子的剛毅。天曉得母親是否為此而特別氣她呢？盧雅自己卻也偷偷生母親的氣，那是鄙夷，忿然，恨。她恨透了車窗上的這張臉，啞子吃黃蓮般背人垂淚的臉。

比之母親，盧雅有一股骨子裡透出來的蠻勁。從十歲起，她已不怕挨母親打了。打她吧！她不閃不避，睜大眼睛直勾勾地盯著母親看。她的眼，錐子一樣銳利，卻又那麼深邃，愈往裡看愈看不透，像同時含著厭惡與憐憫；她不吭一聲，嘴角偶爾溢出一點譏笑，這態度讓母親感到恐懼極了。

因此母親便不敢再打她。這孩子，打她只會讓人心虛。母親甚至懷疑盧雅被打出毛病來，可她不曉得盧雅僅僅是突然起了某種信念，就像她真相信有人單憑注視就能拗屈鐵匙羹那樣，她也相信只要夠憤怒了——讓心裡的火焰上升到某個超越人類極限的程度，即便是肉身凡胎吧，也有可能目眥盡裂，突然脫胎換骨，變成惡鬼羅剎或綠巨人浩克。

而這樣的盧雅倒讓母親放心託付。自那次在娘家受了氣，母親回到家後痛定思痛，馬上著手安排到臺灣跳飛機[1]的事。那時跳飛機是風潮，母親看過衣錦還鄉的人，況且

• 1 跳飛機——地方語，指在外國逾期逗留，非法打工。

那時還有其他幾個同等悲情的婦人與她結伴。臨走那一日，母親把家裡的事交付給盧雅，當時母女倆在廚房裡，母親把砧板橫在飯桌上剁洋蔥，盧雅倚著鋅盆在剝蝦殼。蝦子很小卻很多，盧雅覺得再厭煩不過，生活中老有這些瑣碎而無休止的差事。剁洋蔥的聲音，篤篤篤，母親的哽咽，嗆鼻的催淚的味道。她抬起眼看窗外，後院的木瓜樹挺起軀幹炫耀它簇擁的花果，巷子裡的陽光被它舉掌攔截。盧雅的視線穿過葉隙，看見對面房子樓上的百葉窗。那窗半開半闔，窗內無明，如房之惺忪睡眼，又如大佛臉上的睥睨。

這些，我不曾看到。我沒看到盧雅的不言語，她的母親歪著脖子把淚印在袖子上。但或許有一刻我與盧雅一起注視著一隻在後巷閒逛的花貓。那貓似無拘束，平日慣以野貓姿態出沒，但巷子裡至少頭尾兩戶人家都以為他們是貓主，故而那貓左右逢源，養得特別肥美，臉上總掛著十分自得的神情。

盧雅不喜歡貓，但她喜歡觀察牠們。就拿這一隻貓來說吧，雖品行不端，神態可惡，但牠像撲克牌中的小丑，有點滑稽，充滿生存的智慧與行為的飄逸，這後巷便是牠的劇場。而我從我的窗裡看出去，只覺得那貓再普通不過，牠慵懶地踩著貓步，或而翻牆，施施然來去。

當天夜裡，盧雅的母親出發了。盧雅與大妹妹走到樓下來給她送行。母親提著她當年投奔父親時攜帶的行李箱，出門前一再回過身來對盧雅叮囑這事那事。她握住盧雅的手腕，掌心是冷的，盧雅這才感受到母親的害怕。那是母親人生中第一次乘飛機出遠門，飛機呢，多麼遙遠。身邊的大妹妹像是感知了離愁與生活的未可知，忽然嚶嚶哭起來。盧雅回身一瞥，泡在燈影裡的妹妹看來像一個濕透的洋娃娃。她這才感受到氣氛的凝重，以及那種會讓她的肢體變得僵硬的感傷。母親摸摸妹妹的腦門，囑她乖啊，要聽姊姊的話。

那一夜其實很平靜。母親擠上來載人的小貨車，揮手離去。盧雅鎖上門，熄了燈，就著樓上洩出的餘光帶妹妹走上樓。床上的小妹妹未被驚動，仍然側身酣眠，窩在那一床亂被，以及那混沌的像創世尚未完成的夢中。大妹妹鑽進被窩，在小妹妹身邊躺下。盧雅替她們拉上毛毯，在窗下撿起了被扔到地上的布熊。窗外的木瓜樹把葉梗伸展開來，如觀音之千手，更像一隻龐然的母蜘蛛大張八足，霸占了她們的窗，似要湊前來觀看窗裡的人生。盧雅斜倚窗櫺，與欺近的蜘蛛對視。月光粉末似的灑在木瓜葉上，渾體熒熒的大蜘蛛，附窗叼白花，如童話書裡爬出來的神物，慈愛，溫柔。

貓走過。不像遊蕩，倒似夜歸。盧雅盯著牠，覺得像是屏息等待著這世界緘默許久以後的情節和對白。月亮很遠，光照微弱，或許光都讓棲息在窗花上的蜘蛛吸收了，它的許多乳房在月光中徐徐鼓脹起來。盧雅揉一揉眼睛。除了長大，她不知道自己還能等待什麼。

4.

在鄰里街坊的印象中，盧雅向來是個很不討喜的女孩。木瓜樹被砍倒後的翌日，有幾個婦人曾試著向盧雅討要青木瓜。她們家新摘下來木瓜半生不熟，大小適中，正適合切片醃製。加一把剁碎的小辣椒，裝在密封的玻璃罐或醬甕裡，兩天後能吃，咬起來脆脆的，很能開胃醒脾。

婦人們裝著來打聽前一天夜間的事。「我聽到你們的叫喊。我當時想啊，這家孩子不會是鬼上身吧？」因為腦中有一甕醃木瓜，她們說話時便覺舌腔生津，忍不住猛嚥口水。

大妹妹回身，昂起臉來看一眼姊姊。盧雅沒絲毫躊躇便一一回絕，且無托詞，搖頭便是。儘管她也臉帶微笑，但那不易察覺，說清楚了只是一抹冷淡的笑影。被拒的婦人們因而在背後議論，都說這女孩乖張，戒心重，小氣，不近人情。

母親在臺灣打工期間，盧雅家有錢按期交房租，那兩年便一直住在那雙層排屋裡。母親娘家有個表妹偶爾會來探望。這阿姨幾年前曾在盧雅那農莊般的家裡借住過半年，算是與盧雅家最親近的一個娘家人。她兒時在家中的橡膠作坊玩耍，不慎被打翻的硫酸毀了容貌，長大後難免自卑，有點僻性。盧雅倒是喜歡黏她，雖然她也像其他人一樣覺得這阿姨醜陋，也會忍不住定睛去看那醜陋本身的細節——脖頸上層層交纏的皮肉，多像樹的盤根錯節。它們由胸肩攀生，吞沒了阿姨的脖頸與下巴，再蔓至下唇，爬上左臉頰，將她的大半張頭臉嵌在上面。這使得表阿姨不能靈活轉動脖子，說話也有點結巴，鼻音重，似乎舌根被什麼緊緊揪住。

盧雅不禁心中驚嘆，這真像童書插畫裡的「樹人」！會說話的樹木，大自然千年一孕的精靈；靦腆的笑，溫柔的眼神。她因而對這阿姨很有好感，覺得她或許會像故事裡那些懂人語的草木及動物那麼簡樸溫和，胸口有個可以裝下許多祕密的大洞，善於聆聽，能讀心。

盧雅對樹人阿姨的依戀是罕見的，連母親也十分納悶，向來木訥的阿姨更不知該如何回應。畢竟盧雅本是個不容易親近的孩子，她只喜歡看書，家裡能找到的書都被她翻爛了，而且她喜歡獨自躲在樹上，上半身隱藏在鬱叢叢的葉影中，兩條瘦腿在枝椏下晃呀晃，像是心思也搖啊搖，難以捉摸。

「樹人阿姨。」盧雅有時候會這樣喊她。表阿姨在樹下餵雞，她抬起頭來，看見盧雅像蝙蝠似的，屈腿，將自己倒掛在樹上。

「為什麼叫我樹人阿姨？」

盧雅雙手在胸前交疊，目光狡黠。「噢，十年樹木，百年樹人。」她說。

表阿姨沒念過書，她聽不明白。這孩子鬼靈精怪，書裡的世界和樹上的世界都是她的私人空間。

這樣的孩子也有不可理喻的感情。樹人阿姨後來託人在南方城市找到工作，離開盧雅家的那一日，盧雅穿著校服坐在廚房裡吃阿姨煮的蛋炒飯。她始終沒說一句不捨的話，母親叫她去跟阿姨道別吧，她頭也不抬，銜在嘴裡的飯也沒嚥下去，珠淚漣漣，無聲地墜落在炒飯裡。那些淚和那寧死不屈般的沉默都令人不解，阿姨有點尷尬失措，她對表姊說，你這孩子真不像個孩子。

那天下午，樹人阿姨走了以後，盧雅像往常那樣爬上假木薯樹。她在樹梢上張望，有點風，風裡斷斷續續傳來一個老者沙啞的，用客家語叫賣榴槤的聲音。她看到路口那裡有一對黃狗在大太陽底下交媾；一個高高瘦瘦，頭戴草帽手執籐條的印度少年趕著七、八頭羊走在路旁的草地上。世界還是老樣子啊，不是嗎？但人們離去了不再回來，幾乎像消失了在這世界以外的世界裡。

在寫到樹人阿姨的那篇作文裡，盧雅提到一、二年級時，她在學校唯一的朋友。那是個眼睛有點斜視，眼神總是很空洞的矮個子女同學，皮膚白得像剛粉刷過的牆。她每天穿著過長的校裙坐在從未噴過水的噴水池畔，上課鈴聲未響便已經把為休息時準備的便當吃光。下課時盧雅將自己的飯菜或麵包分與她，有的時候盧雅自己忘了帶便當，會試著從書包裡搜括出一角幾分，買一小包零食兩人分著吃。要是真找不出錢來，她們就都不吃，卻仍然結伴坐在池邊，托著腮，靜靜看著眼前那不斷變焦的不準確的世界。

兩人幾乎不需要語言，她們每天一前一後地走到噴水池畔，好像只是兩個湊巧坐在一起的不相干的人，又像一對十分熟悉且彼此信任的老朋友。學校放假的時候，她們好一陣子沒見上面，盧雅亦未覺得想念。

三年級開學後，這同學再沒有到學校來了。盧雅沒去打聽，也不知道該向誰追問。班上沒有誰提起這人，就像那只是一小塊冰，如今溶掉了。盧雅下課後依然坐在她們以往相伴的地方，漸漸忘記了她與那朋友之間使用過的簡單語言，漸漸地也就忘卻了她的姓名和其他。

只記得她的純白無色，她的斜視；也記得有一次她們共用了便當以後，這女孩神情鄭重地從衣袋裡掏出幾枚硬幣來，買了兩根冰棒與盧雅分享。

5.

盧雅原以為樹人阿姨終究也會像這位被她忘記了名字的好朋友一樣，將無聲無息地溶解在外面的人海裡。但樹人阿姨並未走遠，她當家庭幫傭，幾年內換了三個東家，終又被流動的時運際遇輾轉送回到附近的市鎮，與盧雅家隔得不遠。盧雅的母親因而相托，囑表妹休假時多往她家走動，看看「三個可憐的孩子」。

時隔數年，盧雅是個小少女了，不知這些年又讀了些什麼書，與樹人阿姨生疏了不少，對待她不再像以前那樣親暱，雖也遞水也斟茶，惟已無體己話可說。

樹人阿姨一般不久留，說的話也多平常，無非是重複的問候與叮嚀。她也問起她們的父親——自從母親不在，他更少回來。阿姨一般不做任何評價，她站起來，循例把房子前前後後巡視一遍。一切如常，只覺得原先昏沉的小廚房敞亮了不少。她將手中的茶杯放到鋅盆裡，看見水龍頭後面的窗閥上掛了個裝廚餘的塑膠袋，裡面的紅斑蝦殼招引了許多饞極的蒼蠅。那些蝦殼像是誘餌，請君入甕後再把袋口緊繫，打了個死結，將惶恐的蒼蠅一網打盡。

她沒洗杯，只是透過打開的百葉窗看看後院。木瓜樹被伐下以後，小小的後院看著荒蕪，鳥也不飛來了。

「那時你在哪裡？」盧雅寫著寫著，無端端又蹦出這問句來。

我嗎？我在故事外面，在窗前。週末無所事事，正無聊賴地要消解午睡醒來後的勃起。沒了木瓜樹的遮擋，盧雅家樓上的窗口看似欺近了不少。兩扇窗正面對視，讓我感到一種與陌生人四目交投般的尷尬。可因為知道對面的房子裡只住了三個小女孩，這種對視又讓我產生無法解釋的亢奮和期待。我拉上窗簾，但兩張布簾左右支絀，中間留有縫隙，閃爍著對面窗玻璃上反射的陽光。我站在窗前，在光影的投射中自瀆。盧雅家房子的畫面搖曳不定，光景沙沙作響，像手搖攝影機拍下的影像。

那個夜裡發生的事，盧雅對樹人阿姨說了。她說得簡要，只是白描事情的經過，三言兩語，像小妹妹稚嫩的童筆，僅僅在紙張上勾勒線條。由於她那樣地輕描淡寫，事情聽起來就不那麼嚴重，還稍微有點惡作劇般的荒誕，也因荒誕而產生喜感。畢竟事情已經過去，無人被害，作為「禍首」的木瓜樹也已經被處決，樹人阿姨不禁莞爾，輕輕拍了拍盧雅的肩。

盧雅對於安慰沒有反應。她把兩罐醃木瓜放入塑膠袋裡，讓阿姨拎走。醃木瓜是她親手泡製的，把十幾個青木瓜削皮剖開掏籽切片，兩個妹妹負責清洗家裡找到的所有瓶瓶罐罐。砍倒了木瓜樹後，盧雅的臂膀與手腕連續數日疼得發顫，連握筆抄寫都十分吃力。她為此曠了兩天課，事實上母親走後的半年裡，曠課於盧雅已經成為平常事。在盧雅眼中，曠課沒什麼大不了，她總覺得那與「逃學」不可相提並論。對於定義兩者，她有一套不經人傳授的理論——「曠課」僅僅是留在家中不去上課而已；那些穿著校服假裝到學校上課，卻在校門前開溜，轉到別處去遊蕩和玩耍的，才能稱作「逃學」。

盧雅的班上就有幾個男同學喜歡逃學，尤其喜歡逃掉週六時的半日課外活動，跑到濁水滔滔的河邊去戲耍，或到附近的百貨樓裡順手牽羊。他們把一堆精緻的橡膠擦、鉛筆刨和六英寸長的塑膠尺藏進書包裡，週一時帶到學校暗中兜售。他們銷贓的對象多是家境比較好的女生，那裝著許多「精品」的塑膠袋在班上流傳，偶爾會途經盧雅的座位。她始終喜歡那些彩虹紋的橡膠擦，儘管造型簡單，非圓則方，但通體彩虹色紋鮮明有致，略感通透，像九層糕，有一種甜食的芬芳。

彩虹紋橡膠擦畢竟是奢侈品，盧雅以前只有奢望的分兒。後來她用母親匯過來的伙食費偷偷給自己買了一方塊，卻不慎被大妹妹發現，她只好另外再買一塊圓的放到妹妹的鉛筆盒裡。直到以後兩塊橡膠擦用得不成方圓了，她們才轉讓給小妹妹，連同其他用殘了的文具——頂端沒了橡膠擦，短得再不宜使用的ＨＢ鉛筆；刀片已經鈍鏽，削筆時會讓筆心在筆桿中肝腸寸斷的鉛筆刨；缺紅短綠的帆船牌十二色顏色筆或熊貓牌蠟筆；所有「連連看」的遊戲俱已被完成了的著色本……諸如此類，全都放到小妹妹的「工具箱」內。

盧雅當家，最不能把持好的便是家中的財務。她們三姊妹總有許多夢寐以求的小事物，以及母親絕少允許她們買的那些可望不可及的零食。盧雅還偷偷到學校後面的書報社買了不少讀物，《小讀者》，《少年樂園》和好些日本漫畫，偶爾也買《老夫子》和玉郎集團的連環圖。這些書，盧雅一看再看，翻破了也捨不得移交給妹妹。她把自己的書和母親以前買下來的中國民俗與神話故事連環圖，分別放在兩個紙箱裡。那些曠課不上學的日子，她便盤腿坐在客廳的風扇底下，津津有味地重看她心愛的《小叮噹》及那些笑過以後還能神經質地再笑幾回的四格漫畫。

學校的老師對她的曠課並未過多詰責。反正盧雅一問三不答，明明眼神很伶俐很清澈，說話時卻像個遲鈍兒。每逢問話，她只會睜大眼睛，抿著嘴，沉著地承接老師的目光。看過她那個樣子，老師們無一例外地都覺得盧雅的安靜有一股震懾力，似乎裡面有某種堅貞的凜然的信念，叫人不敢逼視。

這些老師當中有人試過與她「交鋒」；眼瞪眼，而盧雅的眼睛猶如退潮時的海洋，愈往裡看愈心悸，像是再看就要被吸進深海了。老師們有點失措，禁不住移開目光。

但盧雅畢竟不愛生事，她的學業成績也還可以，中等生，功課也幾乎都交齊。因為不會給老師製造麻煩，便無人想去挑剔她的不合群和無法形容的怪異。再說盧雅的父母像不存在似的，一年到頭都難以聯絡上。即便是學校年終長假前的「家長日」，盧雅的家長也從未曾露面。

有個老師還記得盧雅念一、二年級時，連班上唯一的唐氏兒學生家裡都有人來了，那唐氏兒跟在父親身後，臨走時回過身來朝盧雅揮了揮手。盧雅不作反應，支著腮凝視他們離去。

「盧雅，你爸爸媽媽不來嗎？」那老師以指節叩叩桌面，那時候課室裡沒剩下幾個學生了。

盧雅搖搖頭。

母親說好不來的。學校那麼遠，乘計程車來回得多少錢？而且家裡事情一籮筐，襁褓中的小妹妹是個大累贅；至於父親，他總是不在。盧雅全都聽明白，家長不來，意味著她不能像其他同學那樣提前離開，也意味著老師不能提早下課；老師會頻頻看腕錶，問她爸爸呢？媽媽呢？不來嗎？

她明白世上有好些事情不為她一個人的意志所動。有好些事情，譬如她無論怎樣集中心志注視門外，無論注視了多久，也不可能把母親的身影喚來。那也許需要更多，或擁有更強大的特異功能才能辦到吧？

盧雅伏在桌子上，一再夢見那樣的情景——母親來了，穿著木屐，懷裡抱著小妹妹。夢境不同於意志世界，盧雅感知到「夢」的虛無、荒謬與邏輯不通。母親手上還提著她平日拌飼料的塑膠桶；妹妹的小臉上斑駁著涕淚，很邋遢，像剛從母雞屁股下搶過來的新鮮雞蛋。

於是盧雅知道那不過是夢，夢是「現實」的反義詞，是生活裡永遠無法抵達的彼岸。她在夢中用力地盯著母親和小妹，把她們與夢一起看透。於是她們就像電視上劣質的影像那樣連連閃爍，然後消失。盧雅有點悲傷，這念力多麼凶猛，在夢中也能將自己的夢想驅逐。

老師把盧雅搖醒，她抬起頭，擦掉嘴角的垂涎。現實世界是好幾層疊影，分解後又重新整合起來。課室裡再無其他學生，外面有鬱悶的雷聲。老師說，盧雅，放學了。

盧雅最討厭家長日，放學時校園總是冷清清的，大門外等校車的學生像被遺棄的孩子，七零八落，誰都提不起勁來玩他們的彈珠或紙牌。校車上也難得的清靜，開校車的大叔一次一次察看望後鏡裡那些落寞的孩子。他們各據一隅，像是互不相干的孤魂。盧雅倚靠車窗，側臉，引得人不由自主地也往窗外一瞥。外頭雷鳴滾滾，世途顛簸。

6.

下雨是好的。最好夜晚時電閃雷轟，狂風作，雨霍霍。那樣的夜，世上所有的歹人凶徒想必都只會待在被窩裡，不會甘冒風雨出門作惡。盧雅和妹妹也就不必擔心再有唐突的闖入者。

自從木瓜樹事件以後，兩個妹妹晚上都移到隔壁盧雅的房間去睡覺，姊妹三人擠在一張雙人床上。有時候盧雅會拿了枕頭、抱枕與毛毯，在床畔打地鋪。她總得有個可以看書的地方，而且那陣子她迷上武俠小說，那可是會叫人廢寢忘食的讀物啊！讀《天龍八部》的那一陣，她有兩個晚上幾乎沒闔眼，雞啼後照常洗漱，然後趁著天色半暝，爭取時間在校車上小憩。

放學後盧雅回到家裡，念下午班的大妹妹已經騎腳踏車到附近的小學上課去了。小妹妹一般正在午睡，或是趴在客廳地上塗寫什麼。工具箱是打開著的，周圍散落了許多殘缺破舊的繪本與文具。小妹妹也和兩個姊姊年幼時一樣，喜歡在隨手拿到的任何紙張和住處的牆壁上畫充滿幾何美感的「火柴人」。他們大大小小，肩並肩或手牽手。喏，這是爸爸這是媽媽，大姊，二姊，我。

在那些塗鴉裡，盧雅飛快地長大，那時候她已經與母親等高了。小妹妹喜歡將她安置在母親右側，兩人都有特大號的圓臉，與身體不成比例，臉上的笑容同樣僵硬和扭曲。父母兩人之間則總是隔開老遠，看似靦腆，又似乎莊嚴。盧雅與母親則若即若離，雖十分靠近，卻從來不觸碰彼此；兩個妹妹尺碼相近，一般置於前排或盧雅之右，攜手同巧笑。

在小妹妹畫的「全家福」裡，後來出現了那個與她們一家毫不相干的人。那是個純粹的赤條條的火柴人，由頭上長著的數根豎髮標籤為雄性。他攤開四肢，「大」字型一樣站在盧雅一家人身後，卻有違透視法地畫得特別清晰和高大。小妹妹似乎想要強調他臉上的細節，卻因為太使勁了，使得這人的表情顯得尤為怪異。盧雅盯著這張臉，就是他嗎？那個「指引者」。那一晚他攀上盧雅家樓上的後窗，赤足如有吸盤，兩手抓緊鐵窗花，像一條巨大的斷了尾巴的壁虎。

那時盧雅一個人在樓下讀《笑傲江湖》，那人翻過她們家後院的矮籬笆，悄無聲息，以壁虎功沿老木瓜樹的軀幹攀遊。

盧雅交上來的輔導室作業中，有一張題為〈魘〉的水彩畫，畫的不就是一條臃腫的斷尾的蜥蜴嗎？盧雅想像那本來就只是一條小壁虎，在爬至樓上的窗口以後，才突然膨脹成一個成年男子形狀的怪物。他也有著男人的臉與五官，以及男人的惡與欲求。他屈指抓住窗花，身後的木瓜樹像一隻大蜘蛛把他高高托舉。在藍色的銀色的薄薄的月光中，那男人對房中酣眠的小姊妹注視了多久呢？小妹妹翻一個身面向窗口，那人輕聲喚她。

喂，喂，喂！

床上的小女孩睜開眼，躺在那裡怔忡了一會兒。是夢嗎？夜很潮濕，雨在雲裡囤積。她的額頭與脖頸密布汗珠。她閉上眼睛，睜開。

那人還在。

嘿嘿，那人笑。「小妹妹，你看！」說著他騰出一隻手，往下指引女孩的目光。

混沌初開，創世完成。光有了，萬物有了，神的形狀有了，伊甸有了。小妹妹像剛剛鑽出母體的嬰兒，被人倒懸著往背上重重擊了一掌。

她張嘴大哭。

大妹妹因而驚醒。她倒不哭，而是喊，那麼淒厲，一聲催一聲。樓下的盧雅覺得夜像棉紙似的被這尖叫狠狠撕裂。她不知為何先想到蛇，蛇的陰險與猙惡，劇毒的獠牙；蛇鑽進妹妹的被窩裡了。她從籐椅上彈起，什麼事？

「有人——窗口有人！」大妹妹用喊的回答。

盧雅無法想像。樓上的窗口？一個攀檐走壁的飛天大盜？她扔下手中的書本，急衝上樓，在梯階上邊跑邊吶喊，救命！救命！

救命！大妹妹跟著喊。

小妹妹仍然在哭泣。

「那時候，你在哪裡？你們在哪裡？」盧雅問。

在她交上來的每一篇作業裡，我都看見這問題。那些童年時候的事，那些惡夢，那些幻夢破滅的時刻，彷彿她都認定其時該有其他人在場。然而世界沒有像她所想像的那樣，發出聲音來回應她的呼求，而是背過身去，迅速退出她的世界，隱匿在暗中靜靜窺視。

那時候我在的。我聽到女孩們尖叫的聲音，卻恍惚以為是夢。盧雅在喊救命，有賊。暗室中的蚊蚋因為氤氳了幾個晚上的雨兆而騷亂，盧雅家傳來的驚叫更讓牠們不安。於是牠們將尖長的口器伸入我的頸中，取血之餘，也將痛楚輸入。

我睜開眼睛。

正如盧雅形容的那樣，呼喊聲十分尖銳，針也似的，將厚厚雨雲所籠罩的靜夜狠狠扎穿。

我爬下床，拉下窗閥，稍稍張開故事裡的那一扇百葉窗。月光愈來愈淺，我和人們都站在窗邊，透過窗玻璃間的縫隙，在微薄的月光中凝視盧雅家亮著燈的二樓後窗。那裡有一個所有人都知道，卻一直沒有人說起的故事，我們圍觀她，像觀看午夜時一場即興演出的鬧劇。但盧雅那角度看到的卻是另一齣戲了，她站在房門口，大妹妹站在床上，小妹妹坐在被窩裡，窗口那裡有木瓜樹伸出許多染了月光的巨掌，掩護著男子蒼白的裸體。盧雅握住兩拳，奮力將聲音從喉嚨，胸腔，肺腑乃至小腹裡擠出。

救命啊——

夜空中的雨雲如一艘滿載棉花的巨大輪船緩緩移動，一點一點，搗住了愈來愈虛弱的月亮。盧雅聽見自己的呼叫被溶解到夜的緘默裡。噓——窗口的男人噘嘴示意，然後他說，你看！

盧雅追隨他所指引的，看到了熟透的惡果裂開，乳白的漿汁與種子朝房中濺灑。她看到了樂園的沉沒；看到那人用上天入地之手指引她去看的，他胯下的真實世界。彷彿那是某種含咒的指訣，你看！天和地，人間和地獄。

大妹妹歇斯底里地哭著大喊，救命，救命，救命啊。

那指引者噗嗤一笑。他扭身順著木瓜樹幹矯捷地滑下去，一邊還尖起嗓子模仿女孩的哭喊，救命，救命，救命哇。他的聲音奇怪地沒有被夜色吞沒，渾身毒刺的醜惡的嘲諷的聲音，世界聽見它便像含羞草似的急於把自己掩藏。世界是窗外那一扇一扇微啟的百葉窗，它閉上眼睛，看不見自己的存在。

盧雅愣在那兒，她與大妹妹一起注視著窗外。黎明不遠了，載滿雨雲的巨船仍在天上航行，遠天微光初綻，卻不是晨曦，而是盪回來她們在夜裡呼救的聲音。盧雅看見這世界了，她看見每一扇窗與暗影中的人們，我們，我。

7.

盧雅初次來到輔導室時，她十七歲了。我無數次聽見其他老師提起她的名字，那個盧雅。經常曠課的盧雅；除了繪畫與作文，再不交其他作業的盧雅；月考成績極差，年終考全級三甲的盧雅；「你們不覺得她的眼神乖戾嗎？」的盧雅。在她的學業成績報告上，老師們年復一年地寫了「不合群」、「缺乏溝通能力」、「注意上課日數！」之類的評價。

至於我，那是愈來愈憂傷愈來愈倔強的盧雅，欠著圖書館好幾本書幾年不還的盧雅，偶爾從C棟教學樓前走過的盧雅。

對於某些師生，那是可怕的盧雅。

把盧雅召來之前，我讀過了傳說中的那些血腥的作文，看過那些可怖的繪畫，也聽說了一些盧雅幹的瘋狂事。某日吧，就在校門外大路對面的候車亭裡，那個男人在盧雅身旁坐下，迅速解開褲子拉鍊掏出他的寵物。那樣的光天化日，候車亭內的其他女生靜靜地交換了赫然的眼神，低著頭，三三兩兩走到亭子外頭的一棵棕櫚樹下，像一群難民在攤分一篷微薄的樹蔭。

當時盧雅正聚精會神地低頭看書。她是個不起眼的少女，在女校念書，也穿白衣藍裙，背一個軍綠色的帆布書包。同學們的走避不動聲色，她身旁的男人費了好大的功夫讓性物勃起，又等了一陣，見盧雅還沒察覺，便忍不住虛聲說，喂小妹你看，看這個大傢伙。

盧雅斜睨他，第一眼便看見了被他握在兩手中的東西。黯紫，亢奮，像一條碩大的乾烏參。又一個指引者。盧雅瞥一眼那人，他中年了，乾瘦，戴粗框眼鏡，鼻頭滲汗，臉上一副興奮的神色。他小聲問盧雅，它很大，你說，它是不是很大？

盧雅沒有回答，那是她第一次臨近觀察這東西。就是它了，指引者們汲汲於展示的寵物，感覺多麼像某些同學神祕兮兮地從書包裡掏出一隻暗中豢養的天竺鼠。棕櫚樹下的學生看見盧雅對那掙扎著要昂首吐信的小玩意微笑，像是在向一隻特別卑微的小生物表示友善。這讓指引者感到毛躁，他急忙又上下搓弄那乾烏參，再殷殷地問盧雅，怎麼？它不夠大麼？它很大！

她歪著頭，目光純粹，像個孩童在觀察一隻從硬殼裡冒出頭來的烏龜。指引者滿頭大汗，使勁再搓了幾下，卻不由得開始洩氣。他再問一遍，小妹你沒見過比它更大的，對不對？說時手中的玩物卻已開始疲軟。盧雅咧嘴笑了，她的念力真有如此強大，使得指引者的指針萎靡，變成一支被拗曲了的匙羹。

目擊的學生說，那男人後來帶著他那不爭氣的玩意「落荒而逃」。盧雅始終不說一語，之後仍然翹著腿繼續看書。躲在樹影中的學生訕訕地回到候車亭裡，卻沒有人敢坐到盧雅身邊。大家都發現了她的奇特，好可怕的暴力，平靜之極。

我在C棟教學樓的四樓走道上等待盧雅。為她姍姍來遲，我忍不住抽了兩根菸。盧雅從來不逃避老師的召見和詰問，正如她也從來不在考試日曠課。我要在後來讀了她寫的那些日記式的文字以後，才曉得她區分「逃學」與「曠課」的那一套邏輯。盧雅，洞明的盧雅，在她眼中，這人世只是一個繽紛絢麗，龐大而無聲的水族箱。

盧雅仍舊不回答老師的一切提問。老樣子，安靜且篤定，用汪洋那樣的眼睛吞沒老師的目光。所以我也不打算多問，這女孩，責問她反會讓自己心虛。我甚至沒有用上以前在心理輔導課程中學來的那一套，友善的微笑，溫和的神情，柔性的語音，以及表示「我懂了」和「我明白」的各種肢體動作。

因為我確實不懂，而且隨著年紀愈長，我愈迷惑愈茫然。我不懂盧雅，不知道從你那窗口看過來，隔開一框窗櫺，我的世界在你眼中究竟光景如何。而我，在窗外之窗中，在夢外之夢裡。盧雅，告訴我吧，我是誰？

8.

那輔導中心，盧雅後來在一篇日記體文章裡將它稱為「C座四樓的告解室」。每週有兩天放學後她會到輔導中心來，我不勉強她說話，卻讓她每次離開前得交上一篇文章。「寫你喜歡寫的，要多少時間就用多少時間。」

這是我要說的了，一則沒有實質內容的故事，也沒有情節。盧雅喜歡到她想像中的告解室來（她寫著「推開那道玻璃門，覺得像小叮噹走進它那能隨意改變世界的電話亭」），每週兩天，後來她感到自在了，便因為「純粹想上來」，或許也因為輔導中心架子上的藏書而額外增加一兩天。

就那樣開始，她看書寫字，我改作業或讀報，慢慢地把時光與盧雅拼湊起來。她常常會擰過頭去對窗發呆，然後像從空中擷取了一些句子，回頭把它們放到習作本的橫線之間。

「我們一直是破碎的，」盧雅寫著，「答問與重述不能使我們完整。」

「你說呢？」

這個「你」一直存在。我很早就發現了，他頻頻出現在盧雅的文字裡。「你」是誰呢？一個被預設的讀者，盧雅無時無刻不以為他應該在場的人。你在哪裡？當我與盧雅坐在C座四樓裝了深色玻璃門窗的輔導室內，當我在閱讀盧雅，在拼湊她，「你」似乎也在我和她之間。從最初對於「你」在字裡行間突兀冒現感到忐忑，到後來逐漸習慣，我慢慢的也就能朦朧地感受到「你」的在場。你反正是不作驚擾的，施施然來去，像我與盧雅曾經在同一瞬間一起注視過的後巷之貓。

我甚至曾經懷疑，也許有過一瞬，我們是三位一體的什麼。

那兩年裡沒有特殊的或戲劇化的事情發生，畢竟這是個真實世界。直至盧雅畢業，我與她只有過少數幾次交談，說了些不特別有意義的話。她也仍然乖桀孤僻，是個考試成績名列前茅，從來不惹事生非的問題學生。她的「問題」在於不道德，不正常，以及某種顛覆性的錯誤的示範，這些讓老師們感到特別不安。當年的畢業禮上她以年終考全級第一名的身分上臺領獎，臺下還微微起了騷動——人們交頭接耳，不自禁發出噓聲。

盧雅倒似渾不在意，像是完全沒察覺人們的抗議。她就和過去的歷屆優秀生一樣，儀容整潔地從列隊裡走出來，筆直地走上臺去領了獎盃與兩百元購書券，握手，再稍微轉過身來面向鏡頭拍照。那一刻她臉上是帶著微笑的，儘管那不易察覺，只是一抹笑影。後來我在翌年的校刊上看見那幀照片，覺得盧雅雙眼特別炯炯，她深深地直視鏡頭，目光穿透照片，彷彿穿過一扇又一扇的窗，越過一座一座巒峰般此起彼伏的屋脊。終於在那一刻，她以驚人的念力，將「你」從不可達之彼岸召至眼前。

會考成績放榜那一天，大概是盧雅最後一次回到學校。我未必不暗自期許她會走到我跟前，或者最後一次推開輔導中心的深色玻璃門，讓日光注入，洗滌門內的暗室。但盧雅終究沒有再到C座四樓來了，我在那裡等了一下午，離開時將她這兩年交上來的「作業」綑成一摞全部帶走。這是個真實的世界，盧雅始終像個虛構的人物，但她存在過，而會像她那些文字所形容的——只是一小塊冰，如今溶掉了。

她不會推門進來，像走進那個能隨意改變世界的電話亭，拿起電話聽筒說，你潔淨了，汝罪已得赦免。

我想我知道，沒有那樣的電話亭。我知道，世界一直是扭曲的，不為誰的意志而改變。

跋

駱以軍

他在玄天宮那裡給十皇爺揹大旗，立功拿花紅了還會想到給她打一條金項鍊。後來日子艱難，那項鍊幾番被押到當鋪裡，幫她度了幾個難關。阿鑾老尋思著有一天該把金鍊退回去，卻又捨不得。

那天下午，大概也是這麼一種悲情的天色吧。不，很可能是事情太久遠了，記憶哪經得住時光反覆搓洗。在阿鑾的印象中，一切都灰慘慘的；唯有血，紅得不像話。

——〈野菩薩〉

說實話，我並不算是黎紫書的「理想讀者」。很多年前初讀她的〈州府紀略〉，我便被她那種彷彿從金光燦爛卻又無比淒涼破敗的戲台上移置復建的一座「不知道曾不曾經存在過的小城」。那些人像在那應該是比張愛玲〈桂花蒸　阿小悲秋〉、〈金鎖記〉更古早久遠之前的女人、男人，蹙眉的神情，低聲細語的薄倖，說著那些「輕啟朱唇、眼波流轉」每個輕重分節俱極講究的戲詞。那於我這樣的一個創作者的小說語言因為「事情太久遠了」、「時光反覆搓洗」，變成一整套難以摹仿、拆解揣摩，像John Bath的〈迷失於歡樂屋〉，一個所有人臉、情感、欲望、細愫、街景、市聲、廊櫓……全部是像祖師廟藻井、水廊、丹墀前殿、貼金彩繪，那些繁複華麗將一個想像性小宇宙層瓣包裹封印其中的老匠師手指中的靜止世界。你很難找到任何小說外的現在進行式話語去侵入她的小說語言祭起的那個「宛然的時空」，這對我是一整串陌生的系譜，像我年輕時渾身冒汗地抄寫李永平的《吉陵春秋》，或更印象派一些（但你明明知道那之間的物種分類其血源差距如此之大，但失落的環節跳躍太大了）：張愛玲、紅樓夢、海上花。那像是一組鳳冠霞帔、環珮啷噹的字，或那整組如今失傳之字如牌陣搓洗時光而讓構圖（或戲台）裡的人栩栩如生活著的故事術。一直到去年讀她長篇新作《告別的年代》，奇怪我對該書雙股螺旋臂結構的「後設」部分，並未真正迷惑，反倒是那久違了的「黎紫書魔術」那個古代造街術，讓我心醉神迷，暈醚不已，那像是另一組摺藏了我們遺失其密碼的，更千姿百態、更光影翻動、更思慕微微的字群，在編織著我們的前輩以其為熟爛而扔棄的傳奇。所以（我初讀時，最初印象的）黎紫書，是並未走過譬如黃錦樹、董啟章，或我、黃國峻、賴香吟……這一輩在二十多歲初習藝時的，小說語言的自我砸碎、自我剝去鱗片、在自我的車間裡拆卸到眼前散置整片零件屍骸卻不知如何組裝成一架新的敘事怪物的亂迷。她似乎跳過了譬如舞鶴〈微細的一線香〉那些壞毀、廢置、無用但神聖的祭祀禮器的，現代性的核心精神黑洞，我記得我最初讀到黎紫書那批小說的心情，非常像某個經歷了二十世紀近代物理學那玄之又玄卻擠在一極微小量子世界，愛因斯坦和波耳那不存在的實驗模型之後，突然發現有人仍照著牛頓三大運動定律建築出一座輝煌之城時，百感交集熱淚漫面：（「世鈞，我們回不去了。」）。一種也不是懊悔的悵惘和虛無。

那時我內心對黎紫書的想法是：她如此年輕，卻像傳統匠師對小說這門技藝，充滿崇敬和熱情，她的小說語言不被現代性的病毒所侵襲，她可以歲月靜好，這樣一直寫下去，最後會構築出一座偉大的小說神殿。

對我這樣的小說讀者來說，黎紫書（及其前輩）的敘事曠野永遠是一灑豆成兵、雨林翻湧、生殖力搏跳，殺不死的祖先，行蹤成迷變成魚骸、猴杯這樣圖騰，或進入歷史被隱蔽的瘋癲暗影。那像是福克納的《熊》，閱讀常陷入我們（對馬華歷史）裝備不足的永夜泥灘，一步一陷入，肺部呼吸不到空氣，被他們濃稠腥鬱的故事後面的魅影——亂倫、禁忌的大屠殺歷史、妾或戲子的歷史，作為整個國境之外的（比台灣外省人或香港花果飄零更久遠古早的）遷移者後裔，混雜進他人的夢，他人的記錄時間方式，他人的「小說」視鏡的先驗暴力——所困蠱。

譬如〈七日食遺〉，那個老祖宗和他的寵物獸，一隻靈獸，一個餵食、反芻甚至排泄那龐大歷史垃圾的寓言，但那寓言在說什麼？

> ……再說我老祖宗寫自傳，那是左手方塊楷體右手英文草書，兩手齊下筆走蛇龍。阿拉媽，果然是我後殖民與多元種族百年雜交配種的天才老祖宗。看來他年輕時早有預感，工作室內堆滿了舊書信日記照片簿冊剪報等出土文物，四處有老書與舊報紙苦苦待命。書桌上孤燈投影，薰起一層前朝情調；老祖宗後顧前瞻右思左想，像一隻破古董在思索自己的身世。……

這隻老祖宗餵食的食字獸（「希斯德里嚥食了回憶錄三部，人物傳記四本，圖片集兩冊，古地圖一大張，舊報紙兩公噸，舊書信兩大捆，年月日期不連貫的日記本二十三冊，中英巫文版學術論文集十餘部，絕了版的本土小說創作若干，另有會議紀錄參雜筆記本各項。所有『食物』先被老祖宗仔細消化過」），或難免讓人想起赫拉巴爾《過於喧囂的孤獨》，那個地底將整座城市，所有的文明殘跡、聖經、小說、仿冒畫、歷史、納粹宣傳手冊、戲票、屠宰場沾滿被宰殺牛隻血污之油紙，妓院草紙……所有寫滿字的紙張全壓擠成一無用團塊的虛無工作。或是《百年孤寂》最後一個解密梵文譯破被古怪敘事封印的整個家族暴亂歷史滅絕的那最後一人倭良諾。

但是當我讀到〈假如這是你說的老馮〉、〈此時此地〉、〈我們一起看飯島愛〉，我發覺我錯了，這個天才女小說家在這組時間跨度極長的短篇小說群組裡，讓我看見一個像戰士，不斷策動，發起完全不同形態的「中文現代小說」的酷烈戰事，她不惜抽筋換骨，剝去原本優美深邃的語體鱗片，不斷重新「洗資料庫」，變換不同的語言列陣，反覆衝擊、突圍、找尋新的表述形式去「顯影」那個原本典麗醚邃靜美（南方中國？戲夢人生？）、那整套崑曲般的高度藝術語言所不足以表現的「現在」、「活生生的我們置身的當代」、「洶湧的存在處境」（哪怕只是瞬閃即逝）。

借村上龍的書名：「到處存在的場所，到處不存在的我。」

「州府」不見了，變成一趟丟失自己臉貌、名字、腔口的尤里西斯流浪。雜食流行資訊（譬如飯島愛），或像孤獨漂流在遙遠外太空的壞毀無人宇航機裡仍播放的留聲機，像舞鶴〈微細的一線香〉裡，那些與真實、光天化日人世完全無關的古老祭祀禮器；或黃錦樹〈刻背〉中，那異想天開在華人奴工背後隨機刺青漢字，形成一「活體鉛字版」的華人〈尤里西斯〉。黎紫書在這個意義上，可能與我是血緣更近的小說物種，

「小說武士」突擊、在語言屍骸曠野的運動戰中，中伏、箭簇插滿身，錙重補給未必足夠卻閃擊戰深入敵境太深，形成一種話語的異教徒雜種。那將「南方」推離開她的前輩們「霧中風景」的鄉愁地圖，變成了永遠的「在途中」。她已不再有「吉陵鎮」了。

其實全都是短篇，但黎紫書這本書，卻給人一種跨度過於龐大的夢境走廊之暈眩。（這使我想起屬於台灣同樣一種「中文現代主義大強子碰撞器」的小說家朱天心的專有名詞：老靈魂。）那似乎必須在過於巨展的時間空間距離才得以觀測的一整代人的心靈浮世繪大峽谷，以及不同代與不同代之間話語之齟齬；心靈史的橋棧搭架交涉；前現代遠祖夢境、現代「我」進城的卡夫卡式荒謬，及後現代的吸毒經驗，符號化感官漂浮，卡爾維諾式的「命運交織」的隱喻系統洗牌、混搓故事殘骸……一整片模糊地帶。她必須用這樣的「時空翹曲」式的一個扭造的「遙遠光年外的不可能實驗室」，讓她的人物（獨白、身世、憂鬱的熱帶、囈語的暴力和虛乏的性），像粒子懸在一個非常大的迴圈重力場裡不斷加速。於是那會出現我們這二、三十年來，中文小說閱讀之類型疲乏之外的，一種似曾相識，但其實是新的刺青花紋、新的遺傳基因排列、新的演化意志的「華文小說」。

「病」在〈國北邊陲〉裡，還是一種黃錦樹〈魚骸〉式的，「祖先的詛咒」，噩夢史詩；到了〈疾〉，變成了「暗夜行路」式的，「你死後我唯一很想做的事情是放火燒屋子，連車子一併燒掉。……好像你的死和我的不死都是由你預謀好的，一台戲。」對父的醫院停屍間場景，一種拉近焦距的，「我」剝褪掉父祖大敘事，「機伶伶打了個冷戰」，從父的屍骸腸肚站起，孑然走進現代場景。或如「嫖妓」，在〈無雨的鄉鎮・獨角戲〉中，還是混種郁達夫或張貴興的，「旅人和妓女／大師與瑪格利特」，妓女來紅、旅人抽菸、落雨的小鎮，無法被異國善良妓女（無論老或小）救贖的黑洞；但到了〈我們一起看飯島愛〉，變成了網路歡譁廢話，報館各人貧乏如蟻穴生活，網路性愛、看飯島愛演的高校女生自瀆，沒有辦法落實、接觸、開始編織的，屏幕裡的浮花（言浪蕊（剪貼的影像）。有一些左突右衝的小說衝刺，用原本小說語言無法支架鏤刻的人的臉，在這一篇一篇短篇裡，留下了黎紫書在小說語言高度動員的化石斷層。它們或即是她自己（或馬華現代小說）的，一次一次不為人知的「失落的環結」。

如果以〈生活的全盤方式〉這篇來看，更能看出我們閱讀從李永平、張貴興、黃錦樹，一路到黎紫書，所配建的解讀視窗和維度，是多麼貧乏。我們無能翻開那褶藏引喻抵達之謎（近乎「小說未來學」）的不可思議拗屈，它們形成了「自己的演化」。

我背後正有個神祕的黑影
在移動，而且一把揪住我的頭髮，

往後扯，還有一聲吆喝：

「這回是誰逮住你了？猜！」「死，」我回答。

聽哪，那銀鈴似的回音：「不是死，是愛。」

一九九三年九月，顧城在紐西蘭激流島用斧頭砍殺妻子謝燁，隨後自縊身亡。這個暴力到讓人瞠目、靈魂發冷的「事件」，將顧城在《英兒》裡創造的紅樓夢般夢中女兒國，性愛伊甸園或藍色珊瑚礁，像太陽閃爆宇宙塌縮成一團黑洞般的心靈之謎，抵達之謎，二十世紀以後中國對於「愛」這個陌生發明的全景探勘、踟躕、被吞噬而變貌。那「逮住」這一團恐怖「不是死，是愛」的凶殺（或瘋狂）劇場，背後做「重案鑑證CSI」的心靈地層考古學，遠可以重建一座「共和國之愛」——集體與個人，神聖狂愛與世俗時間、用暴力回復以形式發生曲扭的逃離——另一個小說式（而非詩）的復刻走廊則是莫言的《生死疲勞》。

那個像藏閃瑟縮在顧城詩句後面，憂悒蒼白的女孩于小榆卻是一當眾虐殺另一少年的凶手，在一位律師「你」的敘事重建描述與凝視（CSI），偷天換日重建了一座「顧城已不在了」的——那每一句詩拆解仍像密碼讓人顫慄、騷動、迷眩的青春與絕望「我們早被世界借走了，它不會放回原處」，「我失去了一隻臂膀，就睜開了一隻眼睛」，「終於，我知道了死亡的無能，它像一聲哨，那麼短暫」——一種「彷彿在君父的城邦」的愛之浪漫並躁鬱語境的大失落，永恆的國境外奧德賽漂泊與「成為異鄉客」的輪廓淡薄漸消失。哀歌。黎紫書卻將之移遞到「環節失落」，國境外南方小鎮　則如此（於社會版新聞甚至像安妮・普露這樣惡土天涯海角發生的）尋常無奇的「牯嶺街少（女）殺人事件」。

黎紫書在這本小說集裡諸篇的話語「偷天換日」，如果有心人帶著時光河流淤沙的情感，細讀這當年天才小說少女，在這十年來說來產量不算豐盛，但各篇之間華文小說語言進化的戰場遺跡，定會如我百感交集，為其在小說不同話語地境上，發動各形態戰爭，而其後裹脅，激烈衝突、挑釁、影體互換……那個壯烈圖景和自由曠原而動容。你可以遍地找到這個小說女戰神在十年前脫去崑曲炫麗戲袍，換上鎧甲，孤寂在她的三個神祇般的前輩後面，劈天砍地，血（聲音與憤怒）流成渠，灑滿一路的「將現代中文小說帶進那神祕、流浪、意義爆炸的國境之南」，每次變貌的屍骸。

董啟章在黎紫書的長篇力作有一篇附錄，談論「為什麼要寫長篇」，一個在小說存有論意義不同於中國大陸的，「國境之外」的馬華、香港、台灣的長篇書寫。我卻在黎紫書這本書寫意志和時間維度皆遠大於「一個個人短篇集」的短篇小說群組，像當年被黃錦樹「以一本短篇小說集偽造一不存在的馬華小說選集」的波赫士意志，我在《野菩薩》讀到了許多個撬開，理解，想像馬華現代小說多重語境的歧路花園。

祝福紫書這本小說。

駱以軍

文化大學中文系文藝創作組畢業，台北藝術大學戲劇研究所碩士，現專事寫作。創作力豐沛，曾獲台灣省巡迴文藝營創作獎小說獎、全國大專青年文學獎、聯合文學小說新人獎推薦獎、時報文學獎短篇小說首獎、台北文學獎……等。著有《經濟大蕭條時期的夢遊街》、《西夏旅館》、《我愛羅》、《我未來次子關於我的回憶》、《降生十二星座》、《我們》、《遠方》、《遺悲懷》、《月球姓氏》、《第三個舞者》、《妻夢狗》、《我們自夜闇的酒館離開》、《紅字團》。

長篇小說如《第三個舞者》、《月球姓氏》、《遺悲懷》、《遠方》曾連續多年入選中時、聯合兩大報年度好書，二〇〇四年因散文集《我們》熱賣暢銷，被選為金石堂出版風雲人物。近作《西夏旅館》仍得獎連連，曾獲二〇〇八年《中國時報》開卷十大好書、二〇〇九年台灣文學獎，並入圍台北國際書展大獎。

後記／樂土

寫這些文字之前，我上網翻查，才知道上一本短篇小說集《山瘟》的出版是二〇〇一年的事。人生短促，十年的間隔還真不能不算回事啊，我不由得為這十年怔忡起來。人家十年光陰夠磨一劍了，我這十年是怎麼過的，又幹了些什麼呢？

它當然不是空白的，不過是不寫短篇而已，倒也沒離開過文字。事實上，「寫字」早已被我培養成習慣，再慢慢融入生活裡，成為生活中分不出來的、無法單獨抽取和提煉的一部分。如果我願意，可以把自己經營的文字世界想像成一個花圃，土地不多，而我是那麼個花心而喜新厭舊的園丁，有一天忽然不想再植入某種文類了，便多年不去碰它，這於我其實是平常不過的等閒事。

但我腦子裡畢竟還儲藏著好些短篇小說的球根與種籽，真有哪一天興致又來，它們便能派上用場。自從二〇〇五年寫了〈我們一起看飯島愛〉與〈七日食遺〉以後，我只有在二〇〇七年間因一時玩興，寫過一篇未及三千字的〈假如這是你說的老馮〉，以後又隔了兩年，二〇〇九年年底時因為停筆不再寫極短篇小說（正如數年前我萌生了不寫短篇的念頭），才記起那些被收藏已久，本該發展成短篇小說的種種念想。於是在約莫一年的光景裡，我寫下了四個短篇，就字數而言，占了大半本集子。

寫作這事與性子相關，本以為這些年長了歲數，我會慢慢修養得更有耐性，或許也變得囉嗦一些，成為一個更適合寫長篇的小說匠。然而直至如今我尚未看見我所預想的變化趨向，我仍然急功，也依然迫不及待地想看見每一個構思透過文字抽芽長葉再含苞而放的全過程。這使我相信，自己始終適合寫些「小東西」，當然這背後或許有個我不太願意接受的說法——我始終缺乏寫作「大東西」的素質。

關於「能耐」這一點，我雖然意識到了，卻一直沒有太在意。首先我從來不認為文學作品的價值高底與其篇幅大小有關，便也不以為任何寫手的文學成就該由作品的文字多寡來定奪。再者，我總喜歡靜靜地期待和觀察自己的變化，也願意以寫作時的選擇和狀態來對照那個「非寫作」時候的自己。因此我對自己的寫作總是十分寬宏和縱容的，也一直迴避著對自己的寫作生態做出太多干擾。

而我心裡明白，我何曾有過干預和限制「她」的能力？這道理，就像我從來不能干預自己在鏡中的影像。倘若我以為自己做到了，其實能操作和會受限的也只是自身，卻並非那由「自身」所投射的影像。

這集子收集了短篇十個，我試著按照各篇完成的日期順序排列，但前面三篇於我而言年代舊遠，而因為天性懶惰且厭煩考究，所以在不太有把握的情況之下，憑藉依稀的記憶決定了它們的排序。這苟且似乎是可以原諒的，畢竟在我眼中，它們都屬於同一個時期的作品。

這樣吧！我把〈假如這是你說的老馮〉（二〇〇七）視為分水嶺，前面五篇寫於二〇〇一至二〇〇五年間，其中三篇是當時參賽送審的作品，一篇是應報社副刊之約寫的設題文章；後面四篇則完成於二〇〇九年年底至二〇一一年年初，發表在臺灣、香港、馬來西亞和中國大陸各個文學刊物上。這般劃分，個人以為稍微有點意思，它宛若人生中寫作短篇小說的「季節」，這一季的作物雖與上一季一樣，但因為土壤本身積纍的歲月和經歷含量不同，成果終究有所區別。至於差別何在，自不該聽作者言，況且那還是屬於讀者和評者的不可剝奪的樂趣，因而作者終得保持必要的沉默，由得讀者自行判斷。

至於我自己，重要的是在停寫短篇數年以後，而今再寫，仍然覺得短篇創作充滿樂趣與成就感。就像年少時沉迷於砌拼圖時想的一樣：一千小塊的少了點挑戰性，五千小塊（或更多）的時間與能量消耗太多，終究是折衷了的三千小塊最理想。

記得波赫士說過，他在閱讀上是個享樂主義者。這一句，蕩過了時空的隧道，傳到這年代我這兒還能反彈出回音。在小說閱讀上，別說我有多鍾愛芥川龍之介與魯迅了，甚至在創作上，我也還是個追求自得其樂的作者。只是這「樂」未必都是陽光的，沒準還有點自虐的意思，但願喜好文學的人能在這些小說冷森森的文字裡感知其美學的光彩，以及一種「揭穿自己也揭穿別人」而產生的愉悅。

一如過往出版的書，這集子的面世也多虧好些朋友長輩的相助。溫任平先生在抱恙中答應為這書提序，讓我十分感激。溫氏是我敬仰的馬華詩人，也是我心中永遠的學者，感謝他不計較我的冒昧，堅持請他在靜養時接下這「任務」。另一位提序的是駱以軍，那是我的兄長級寫作同儕，說來我們相識好些年了，而我一直不懷好意，暗地等待他在世華文壇上真正的鋒芒畢露了，才請他賜文。

在這事上，我倒是很有耐性，而且讓人欣喜的是，他沒有讓我等上多久。

當代名家・黎紫書作品集2

野菩薩

2023年8月二版　定價：新臺幣650元

著者　黎紫書
叢書主編　胡金倫
封面設計　小山絵

副總編輯　陳逸華
總編輯　涂豐恩
總經理　陳芝宇
社長　羅國俊
發行人　林載爵

出版者　聯經出版事業股份有限公司
地址　新北市汐止區大同路一段369號1樓
叢書主編電話　(02)86925588轉5305
台北聯經書房　台北市新生南路三段94號
電話　(02)23620308
郵政劃撥帳戶第0100559-3號
郵撥電話　(02)23620308
印刷者　世和印製企業有限公司
總經銷　聯合發行股份有限公司
發行所　新北市新店區寶橋路235巷6弄6號2F
電話　(02)29178022

行政院新聞局出版事業登記證局版臺業字第0130號

本書如有缺頁，破損，倒裝請寄回台北聯經書房更換。　ISBN 978-957-08-7043-5 (精裝)
聯經網址 http://www.linkingbooks.com.tw
電子信箱 e-mail:linking@udngroup.com

國家圖書館出版品預行編目資料

野菩薩／黎紫書著．二版．新北市．聯經．2023.08．
278面．14.8×21公分．（當代名家・黎紫書作品集2）
ISBN　978-957-08-7043-5（精裝）
[2023年8月二版]

857.7　　112011893